Dr Louis-Jean CHAMPION
DE L'UNIVERSITÉ DE PARIS
MÉDAILLE DE BRONZE DES HÔPITAUX

MANIFESTATIONS A DISTANCE DANS LE ZONA

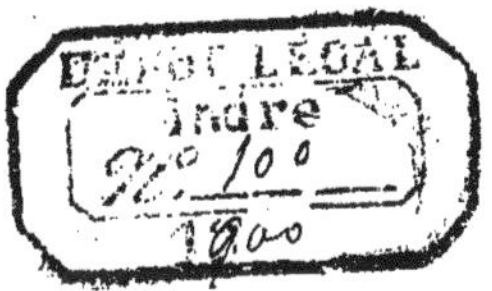

PARIS
Jules ROUSSET
36, Rue Serpente
—
1900

Dr Louis-Jean CHAMPION
DE L'UNIVERSITÉ DE PARIS
MÉDAILLE DE BRONZE DES HÔPITAUX

MANIFESTATIONS A DISTANCE DANS LE ZONA

PARIS
Jules ROUSSET
36, Rue Serpente

1900

A LA MÉMOIRE DE MON PÈRE

A MA FAMILLE

A MES AMIS

A MES MAITRES DANS LES HOPITAUX

A MON PRÉSIDENT DE THÈSE

MONSIEUR LE PROFESSEUR FOURNIER

Membre de l'Académie de Médecine

Médecin de l'hôpital Saint-Louis

Officier de la Légion d'Honneur

AVANT-PROPOS

Le zona est une maladie générale dont les symptômes se traduisent par des troubles de fonctionnement des nerfs. Il peut exister dans un zona des douleurs, souvent suivies d'anesthésie, une éruption de vésicules, des paralysies et enfin des troubles trophiques. En cas d'évolution complète du zona, ces cinq ordres de phénomènes se trouvent réunis.

Ceci posé, notre but est de démontrer que chacun de ces accidents peut se produire sur une région plus ou moins éloignée de l'accident principal, sous la forme d'accident à distance ou aberrant. C'est ainsi que partant de cette loi générale nous nous proposons d'étudier successivement :

1° Les douleurs à distance;

2° Les anesthésies à distance;

3° Les troubles trophiques à distance;

4° Les vésicules à distance ou aberrantes;

5° La paralysie à distance.

Les vésicules constituent le symptôme essentiel du zona. C'est aussi l'accident qui siège le plus souvent à distance, on dit alors qu'il y a des vésicules aberrantes.

Nous commencerons néanmoins notre étude par les douleurs à distance, car le symptôme douleur, encore qu'il manque quelquefois, est ordinairement la première manifestation en date du zona.

INTRODUCTION

I. — De la nature du zona

Nous pouvons aujourd'hui ranger le zona parmi les infections, et dire que c'est une maladie infectieuse dont les symptômes se circonscrivent rapidement aux troubles d'un nerf. Le zona mérite son nom de fièvre zostérienne et la tendance s'affirme chaque jour à le rattacher au groupe des fièvres éruptives. C'était déjà là l'opinion de Trousseau, et Borsieri le plaçait entre l'érysipèle et la scarlatine pourprée. Avant eux, Wischman ne savait où en chercher la cause, sinon dans un miasme infectieux. Pfeiffer, croyait avoir vu ce miasme spécifique. Kaposi le définit, une infection générale en action sur les ganglions nerveux.

Mais c'est le professeur Landouzy (1), dont les travaux ont rendu classique la théorie infectieuse ; sa conclusion est celle-ci :

« Le zoster est une détermination sur le système nerveux d'une maladie générale ayant pour manifestation apparente une éruption vésiculeuse.

Le propre de la maladie zostérienne est de se déterminer sur un ganglion nerveux, comme le propre de la maladie ourlienne est de se déterminer sur la parotide. »

Nous allons voir rapidement que nous sommes en pré-

(1) Semaine Médicale, 83.

sence d'une maladie générale épidémique et contagieuse qui affecte une marche cyclique et confère l'immunité.

SYMPTOMES GÉNÉRAUX

Le zona complet débute par des symptômes généraux. Souvent, c'est un malaise peu accusé, quelques frissons, de la céphalée ; parfois des troubles gastro-intestinaux. Le malade se plaint de soif, d'anorexie, de nausées. La langue est sale, et Debray (1) a vu dans quelques cas de la constipation suivie de diarrhée qu'il a remarquée très fétide. Enfin, si l'on prend la température on trouve qu'elle dépasse la normale. Parrot avait bien vu cette fièvre. Il en concluait que l'éruption est secondaire. Mais il ne reculait pas assez les bornes du problème ; il croyait que la véritable affection est une névralgie d'origine rhumatismale ou dyspeptique.

La fièvre est d'ailleurs variable, souvent elle débute deux jours avant l'éruption. Elle peut cesser au moment où les vésicules apparaissent. Mais dans un certain nombre de cas, la température n'est revenue à la normale que lorsque la cicatrisation s'est terminée. Nous citerons une observation du professeur Landouzy (2) qui est instructive à cet égard.

« Il y a deux ans, j'ai soigné une jeune fille de 16 ans, chez laquelle, pendant deux jours, je constatai 38° (température axillaire) sans trouver nulle part la raison de la fièvre. Le troisième jour l'enfant ne se plaignait que d'un peu de chaleur sous le bras gauche. J'y trouvais une série de larges taches érythémateuses allant des apophyses épineuses dorsales au sternum. Le lendemain sur ces

(1) Debray. Le zona infectieux, *Thèse*, Paris, 1894.
(2) *Loc. cit.*

taches apparaissaient des groupes vésiculeux. La température restait la même et ne revint à la normale que le septième jour, alors que l'éruption était complètement éclose. »

Ainsi la fièvre a précédé de deux jours l'éruption et n'a cessé qu'une semaine plus tard, quand cette éruption a été complète.

Notons en passant, sans nous y arrêter, l'absence de douleurs au moins au début ; l'enfant ne se plaignait que d'un peu de chaleur. C'est la règle chez les enfants (1).

Nous rapprocherons cette observation d'une autre de Feré (2) que nous citerons en entier plus loin.

« Dans la nuit du 23 au 24 novembre il s'est plaint de frissons et sa température rectale était le 24 au matin de 41°8, le pouls battait 120. »

N'est-ce pas la réaction bien franche de l'organisme contre une infection ?

Dans cette même observation nous voyons la fièvre accompagner la maladie jusqu'à la fin. Ce n'est que le 30 novembre, alors que tombent les croûtes et cessent les douleurs, que la fièvre disparait.

Le 24	matin	41°8	soir	39°6
Le 25	—	38°6	—	40°
Le 26	—	38°5	—	39°4
Le 27	—	38°2	—	39°5
Le 28	—	38°5	—	39°5
Le 29	—	38°4	—	39°2
Le 30	—	38°9		

Il ne nous importait que de prouver la réalité et l'importance de la fièvre. Il n'est pas douteux que dans bien

(1) Comby. *France médicale*, 16 juin 1885.
(2) *Revue de médecine*, 1893, p. 393,

des cas elle peut, nous ne dirons pas manquer, mais passer inaperçue du malade et du médecin.

On a prétendu que dans certains cas, dans le zona ophtalmique, il y a habituellement peu de fièvre, l'éruption tarde longtemps à se faire, tandis que la douleur reste le seul symptôme.

Adénopathie

L'Adénopathie du zona peut être citée comme preuve de sa nature infectieuse.

Elle fut signalée d'abord par Barthélemy. Peut-être dans certains cas est-elle due à l'infection secondaire des vésicules par le staphylocoque. Mais cette explication ne peut rendre compte de tous les cas. Hay (1) insiste longuement sur l'adénopathie du zona. Il prétend même avoir constaté une adénopathie prémonitoire. Evidemment dans de tels cas il faut bien admettre que c'est le zoster lui-même qui est en action sur le système ganglionnaire. Hay en concluait même que sans doute, l'agent virulent cultivait dans les ganglions et il a trouvé dans ces ganglions des grains et des filaments qu'il considérait comme de nature parasitique. Rien n'est venu confirmer ses expériences. Quoiqu'il en soit, on accorde en ce moment une grande importance à ce symptôme qui, dans certains zonas de la face, a pu, suivant Gaucher, induire en erreur et faire croire à un érysipèle.

Evolution

Nous rappellerons souvent dans cette étude combien le zona est variable dans ses symptômes. Il l'est moins

(1) *Journal of cutaneous and gen... ur... diseases*, janvier 1898.

dans son évolution qui est cyclique comme celle de toutes les infections.

Le zona débute par la réaction générale de l'organisme. La douleur suit de près. Puis, au bout de deux journées en moyenne, apparaît l'éruption. D'abord elle consiste en des plaques rouges érythémateuses ovales, allongées suivant le trajet nerveux. Puis ces plaques se couvrent de vésicules, qui ne dépassent pas la taille d'une lentille, et qui sont au nombre d'une dizaine sur chaque plaque. Ces vésicules grandissent, leur contenu primitivement clair, se trouble. Enfin elles sèchent, se recouvrent d'une croûte. Les douleurs disparaissent, cèdent la place à de l'anesthésie. La fièvre est ordinairement tombée au début de l'éruption, mais parfois elle s'est maintenue jusqu'alors. Elle disparaît elle-même, et la guérison se fait. La maladie a duré en moyenne de une à trois semaines.

Ainsi, malgré toutes les différences qui séparent les cas de zona, bien que des poussées nouvelles, des paralysies, des névralgies ou des troubles trophiques puissent reculer la date de la guérison, la description de cette maladie se peut résumer en un tableau type dont la marche cyclique fait la base.

Et nous pouvons encore nous appuyer ici sur l'opinion du professeur Landouzy (1) qui affirme que l'évolution du zoster « se fait d'une manière presque cyclique suivant un type presque invariable en dépit des régions envahies. »

Epidémicité

Les cas de zona ne sont pas très fréquents, et pourtant on en observe souvent plusieurs cas en même temps, car

(1) *Loc. cit.*

ces cas viennent en série. Cette maladie est épidémique. Hardy avait l'habitude de dire qu'un zona n'entre jamais seul à l'hôpital. Avec Bazin, il en observa une véritable épidémie. Les cas de ce genre sont d'ailleurs nombreux. Geffroy en 1878, observe une épidémie dont il rend compte à la Société de médecine. Simon en 1840 observa l'épidémie de St-Louis. Fischer en 1876 voit six zonas en 50 jours dans un nombre assez restreint de malades. Weiss (1) à la Clinique de Prague, rencontre 15 cas en deux mois, alors qu'il n'en voyait habituellement que de rares et isolés. Kaposi (2) en 1889, déclare que le zona est épidémique et que par ordre de fréquence il se produit surtout aux mois d'avril, mai, octobre et novembre.

Il remarque que ces époques coïncident avec le maximum des cas de pneumonies et d'érysipèles. Enfin Debray (3) en 1892 et à la même époque, automne 1893, voit à chaque fois une demi-douzaine de cas, les seuls de l'année.

Le zona est donc épidémique. Les auteurs ne sont pas d'accord sur la saison où a lieu sa plus grande fréquence.

Malgré l'opinion de Lomier qui donne comme ordre de fréquence : hiver, été, printemps, automne, il semble plus juste de se rattacher à l'opinion de Fabvre (4) qui admet que cette maladie survient plutôt au printemps et à l'automne.

Les séries varient d'ailleurs d'intensité et les cas d'une même série peuvent présenter des caractères spéciaux, et comme la manifestation du génie épidémique de la maladie.

(1) WEISS. *Arch fur Dermatologie*, 90 XXII.
(2) *Leçons sur les mal. de la peau*, trad. Besnier et Doyon, 81.
(3) DEBRAY. *Loc. cit.*
(4) FABVRE. *Mémoire sur le zona*, chez Doin, 82.

Ajoutons enfin que certaines localités semblent exposées d'une manière toute spéciale ainsi que Loffé l'a vu en 1897 pour certaine localité de l'Aude.

CONTAGION

Encore un pas, et nous arrivons à la contagion du zona. C'est une notion qui semble bien prouvée.

Lorry était de cet avis. Erb (1) en rapporte deux cas.

Il s'agit dans le premier d'une femme de 35 ans, qui présenta un zona intercostal droit qui dura peu de temps. Le 12 mai 1873, c'est-à-dire six jours après le début de cette affection, sa mère âgée de 62 ans, présenta un zoster lombo-abdominal gauche qui dura six à huit semaines.

Le second cas concerne une femme de 73 ans qui présenta un zona intercostal gauche avec névralgie intense. Sa fille fut atteinte peu après d'un zona intercostal qui dura quatre semaines. Dans ses cliniques, Trousseau, en donne une observation.

« Je ne suis pas sûr, dit-il, que le zona ne soit pas contagieux, comme l'est l'érysipèle de la face. Le 20 août j'étais mandé par Monsieur le docteur Brossart chez une femme atteinte de ramolissement cérébral et qui avait eu, six semaines avant notre visite un zona douloureux. Son fils âgé de 30 ans et qui lui donnait des soins fut pris de zona au moment où sa mère entrait en convalescence ».

M. Besnier a vu un cas de contagion dans son service : « Un de mes élèves, dit-il, en examinant un zona ophtalmique dans mon service contracta lui-même un zona qui fut suivi de paralysie faciale grave. »

(1) Erb. *Neurol. Contralblatt*, 1er décembre 1882.

Cette observation trop courte nous est d'un grand intérêt non seulement parce qu'elle prouve la contagion mais encore elle montre un cas où des nerfs différents l'un de l'autre furent atteints par le zona puisque le facial est seulement moteur et qu'on ne peut attribuer à une même lésion des troubles dans le fonctionnement de ce nerf et dans celui d'un nerf sensitif.

Le professeur Landouzy (1), en soutenant sa théorie infectieuse résolut lui aussi positivement la question de la contagion du zona. Debray (2) dans sa thèse en rapporte un cas intéressant. Il s'agit d'un domestique de ferme qui quitte sa place par ce qu'il est atteint de zona, son remplaçant, qui couche dans le lit du malade contracte le zona.

Ainsi le zona est manifestement contagieux, il l'est d'ailleurs sans que l'on puisse actuellement dire ce qui est contagieux en lui.

Il semble bien que ce ne soit pas la vésicule. Fabvre (3) essaya en 1871-72 des inoculations à un chien, Douaud en 1872 s'inocula lui-même du pus de différents herpès. Leredde pratiqua des inoculations aux malades eux-mêmes. Ces différentes inoculations furent faites en prenant le liquide des vésicules. Les expérimentateurs n'eurent aucun résultat ou ne réussirent qu'a greffer de l'ecthyma, dû naturellement à du staphylocoque. Ces résultats ne sont pas étonnants, car tout semble prouver que la vésicule est un trouble trophique secondaire. Mais à quel endroit de l'économie siège et se développe le germe contagieux ? C'est une question encore sans réponse.

(1) *Loco cit.*
(2) *Loco cit.*
(3) *Loco cit.*

UNICITÉ

Enfin le zona présente un dernier caractère qui est fixe et invariable et reconnu comme tel par la grande majorité des auteurs, c'est qu'il ne récidive pas.

C'est Hardy, qui le premier affirma cette unicité : « Le zona ne récidive pas, s'il réapparait c'est exceptionnellement car je n'ai guère vu en tout que deux ou trois récidives. »

Après lui, les affirmations sont nombreuses d'auteurs parlant d'après une longue expérience.

Neumann (1), dans son traité des maladies de la peau déclare que les récidives du zona lui paraissent exceptionnelles.

A son tour Kaposi (2) s'exprime ainsi : « Un fait digne de remarque, c'est que le zoster ne survient ordinairement qu'une fois chez le même individu.

On ne trouve dans la littérature médicale que deux cas de zona survenus deux fois chez le même sujet. Et dans ces deux cas ce n'est pas le même médecin qui les a observés. »

Il serait faux d'affirmer que la récidive est impossible. M. le professeur Brissaud (3) attacha une grande importance à ces exceptions, en s'appuyant sur les observations du médecin militaire Matignon. Mais jamais une maladie n'obéit d'une façon absolue aux règles que nous lui assignons, et peut-être n'est-il pas de maladie qui confère constamment une rigoureuse et définitive immunité. Il nous suffit d'établir cette notion maintenant clas-

(1) Neumann. *Maladies de la peau.* (Edition française, 80).
(2) *Loc. cit.*
(3) Brissaud *Progrès médical*, 95.

sique que l'unicité est un caractère régulier du zona pour pouvoir en déduire les conclusions naturelles.

CONCLUSION

Et la conclusion qui découle de chacun des caractères que nous avons successivement étudiés, mais plus encore de ce fait indéniable de l'unicité c'est que le zona est une maladie générale infectieuse.

Nous dirons avec le professeur Landouzy qu'« on ne saurait concevoir le fait d'une maladie primitivement locale, restant locale, commençant, évoluant sur place qui conférerait l'immunité.... L'immunité du zoster nous force à déclarer le zoster, maladie générale ».

Et nous sommes en présence d'une maladie qui s'accompagne de symptômes généraux, dont la marche est cyclique, maladie épidémique, endémique dans certains cas et même contagieuse, maladie dont une première attaque confère l'immunité et ce n'est que depuis vingt-cinq ans que l'on s'accorde à la traiter en maladie générale infectieuse.

Comment expliquer ce fait que malgré tant de preuves décisives militant en faveur de la théorie infectieuse, cette théorie à mis si longtemps à s'imposer.

Il est vrai que la preuve bactériologique n'est pas faite. Ce bacille pathogène que Pfeiffer avait cru voir dans les vésicules, personne n'y croit plus. Mais personne ne doute par exemple qu'il existe un germe infectieux.

Ce qui déroutait surtout le jugement est ce fait, que la raison était en présence de deux notions qui ne se peuvent allier : d'une part une maladie générale, et d'autre part une localisation que l'on croyait si complète à un nerf isolé.

Cet argument tombe aujourd'hui. En effet, les observations se sont multipliées, depuis qu'on y songe, de manifestations postérieures qui ne siègent point sur le territoire du nerf principalement atteint. Et ce fait est vrai pour chacune de ses manifestations de même que cette maladie dissocie parfois ses symptômes, de même elle multiplie volontiers ses points d'attaque. Elle crée ainsi des accidents à distance par rapport à la lésion principale, de telle sorte que nulle théorie ne permet de les rapporter à une lésion unique, fût-elle des centres nerveux. C'est ce point de la question qui nous intéresse et c'est lui que nous tâcherons de mettre en lumière et de soutenir.

II. — **Délimitation du Sujet.**

1° Généralités sur les symptomes du zona

Les symptômes nerveux d'un zona idéalement complet consisteraient dans la totalité des troubles possibles de fonctionnement du nerf. On peut imaginer et la chose se rencontre, un zona dans lequel il y ait des troubles de la sensibilité, de la trophicité, de la motilité et de la circulation, puis dans les nerfs spéciaux des troubles de sécrétion et des troubles de sécrétion et des troubles sensoriels. De par la bénignité de l'affection, de tels cas sont tout à fait exceptionnels; et souvent deux seuls symptômes méritent l'attention du malade et du médecin : la douleur et l'éruption vésiculeuse. Tous les autres symptômes peuvent manquer et la douleur elle-même; chez les enfants l'absence de la douleur est de règle.

Ainsi le symptôme essentiel et caractéristique est

l'éruption. Devant la variabilité des manifestations on peut se demander s'il peut y avoir une fièvre zostérienne sans éruption.

Nous ne voyons pas d'inconvénient à admettre cette théorie puisque chaque observation sera une preuve que l'infection peut frapper un nerf sans provoquer de vésicules.

Disons seulement que la lésion est relativement fugace et bénigne puisqu'il y a retour assez rapide à l'intégrité, et que le nerf n'est souvent intéressé que dans une de ses fonctions — mais il ne faut pas méconnaître le zona lorsqu'il est incomplet.

Nous prendrons en détail et nous les décrirons à mesure ; la douleur, les anesthésies, les troubles trophiques et les vésicules, et enfin les paralysies.

2° ZONAS SYMPTOMATIQUES A ÉLIMINER DE CETTE ÉTUDE

Il nous semble nécessaire, après avoir montré le zona que nous voulons étudier, de faire voir rapidement tous les cas que l'on pourrait confondre avec lui et que nous éliminons.

Le zona symptomatique se rencontre dans une multitude de cas. Peut-être répond-il à une lésion nerveuse toujours la même en son essence, mais variable dans sa localisation.

Quoiqu'il en soit, il nous semble se produire comme manifestation symptomatique de trois ordres de cause. D'abord d'une lésion centrale, traumatismes, néoplasmes, tabes, etc., cas étudié surtout par M. le professeur Brissaud qui le croyait général, au moins pour les zonas de la face.

L'ordre normal de l'apparition des accidents, douleurs,

éruption, paralysie, est ici renversé suivant la remarque de M. Klippel (1). Nous reviendrons sur cette question en étudiant la paralysie à distance.

En second lieu nous trouvons les zonas par intoxication par :

Oxyde de Carbone. (Leudet, Lomier, Stattler, Mougeot;

Plomb (Lomier);

Arsenic Hutchinson).

Puis par des poisons organiques :

Urémie, (Rendu);

Moules (Lomier et Ebstein);

Enfin l'Alcool (Parrot). La névrite alcoolique est d'ailleurs actuellement bien connue.

Dans ces cas, c'est évidemment un trouble nerveux d'intoxication qui se traduit au niveau de la peau par un zona, comme il pourrait le faire par du purpura ou de l'urticaire par exemple (2). Ebstein a d'ailleurs vu deux frères qui avaient en même temps mangé des moules, l'un d'eux eut de l'urticaire, l'autre un zona.

Comme troisième cause du zona symptomatique, nous reconnaîtrons les toxines microbiennes de la plupart des infections. Nous nous appuierons ici sur l'opinion de Schaffer qui admet l'action des toxines microbiennes, comparables aux poisons quelconques.

Des zonas symptomatiques ont été rencontrés dans :

La Syphilis, par Barié et Letulle.

Le Rhumatisme, Leudet.

La Fièvre typhoïde, Charcot et Bouchard.

La Scarlatine (comme prodrome), Letulle.

(1) Klippel et Aynaud. (*Gazette des Hôp.*, 20 mai 1899).
(2) *Zona prémonitoire de la tuberculose.* Rouher, th. Paris, 1897

La Rougeole (Adenot, qui compare ce fait aux paralysies rubéoliques survenant après la cessation des phénomènes aigus de la rougeole).

La Pneumonie. Heusinger, Schaffer, puis Giraudeau (1) qui dans une pneumonie du sommet droit, vit un zona du nerf petit, sciatique et paralysie du radial, du cubital et du médian droits (2).

Clément a fait sa thèse sur cette question.

La Grippe, (Barthélemy, Letulle).

Et même de la Bronchite simple comme le vit Cantrel (3) chez un homme dont l'éruption fut bilatérale et occupa le trajet des 12e nerfs intercostaux.

La Tuberculose semble à ce point de vue mériter une place à part. Elle a été l'objet de la thèse de Rouher 1897, qui en cite quelques observations inédites.

Arnaud (4) en rapporte 6 cas chez des bacillaires atteints de tares nerveuses, il compare ce zona à la névralgie intercostale ou sciatique de même nature.

Le zona des tuberculeux survient souvent au moment et au niveau d'une pleurésie comme l'ont remarqué Mongour et Michel à Bordeaux en 1898.

Pour tous ces cas, l'opinion de Schaffer qui leur donne pour cause la toxine microbienne peut être admise, de nombreux auteurs ont pourtant émis des opinions différentes. C'est ce que nous examinerons en même temps que la pathogénie de la fièvre zostérienne proprement dite, à laquelle seule se rapportent les cas sur lesquels s'appuie notre étude.

(1) Giraudeau. *Semaine Médicale*, 24 mars 1897.

(2) Clément. Le Zona dans la pneumonie, th. Paris 1897.

(3) Cantrel. *The Philadelphia Polyclinic*, 12 mars 1898.

(4) Arnaud. *Marseille médical*, 15 janvier 1893.

3° VUE D'ENSEMBLE SUR LES ACCIDENTS A DISTANCE.

Chacun des symptômes du zona infectieux peut siéger loin de la lésion principale, et l'infection zostérienne frappant un nerf peut ne se traduire que par un symptôme isolé. Tantôt ces manifestations aberrantes sont des vésicules (c'est là le cas le plus fréquent), tantôt ce sont des douleurs, ou bien des anesthésies ; dans d'autres cas des troubles sensoriels par irritation ou par anesthésie ; parfois on a affaire à de la paralysie ou dans des cas rares du spasme, enfin, il peut y avoir des troubles trophiques.

Nous ne résistons pas au désir de citer ici une observation de M. F. Cartier qui est intéressante à cause de la longue liste d'accidents à distance qu'elle nous montre.

OBSERVATION I (1) (Cartier. Service du Dr Gombault)

Multiples accidents à distance dans un zona.

Le nommé G..., est pris au commencement d'avril d'une névralgie intercostale qui précède de quelques jours l'apparition d'un zona.

L'éruption dure 15 jours et siège environ au niveau des sixième, septième et huitième espaces intercostaux gauches. Par suite des grattages, le zona laisse des cicatrices.

Douleurs. — Quinze jours après la terminaison de l'éruption, G... ressent des élancements non seulement sur le trajet des nerfs lésés, mais encore à l'épaule, au bras et à la main du même côté. A la fin de septembre se montrent également des élancements fugaces à la tempe gauche.

Reçu dans le service de M. le docteur Gilbert, suppléant de M. le docteur Gombault à l'hôpital Beaujon, le 15 juillet 1890, cet homme présente des troubles moteurs, sensitifs et vasomoteurs dans une zône bien plus tendue que celle du zona.

(1) CARTIER, *France Médicale*, 5 décembre 90.

Au niveau des marques de l'éruption, nous trouvons les altérations déjà bien décrites à la suite de cette maladie ; c'est-à-dire des parties hypéresthésiées et d'autres anesthésiées, un très grand écart dans les différentes parties au point de vue de la perception de deux piqûres ; sur les zônes hypéresthésiées, le malade perçoit la sensation de deux piqûres d'épingle à un demi-centimètre, à un centimètre, sur les zônes presque anesthésiées un écart de cinq à douze centimètres est nécessaire. Nous constatons également des erreurs dans l'appréciation de la chaleur et du froid. Tous ces faits sont bien connus.

Hypéresthésie symétrique. — Mais en dehors du zona, nous trouvons d'abord une zône d'hypéresthésie le long du trajet des nerfs intercostaux droits symétriques aux nerfs intercostaux lésés.

Hémianesthésie. — Secondement au-dessus du zona, jusqu'à la nuque, une hémianesthésie relative, accupant l'épaule et le thorax du côté gauche, le bras, l'avant-bras et la main gauche ; ces deux dernières régions étant à peu près insensibles à la douleur.

Chaleur. — La sensibilité calorique est altérée ; le malade perçoit moins facilement la sensation du froid et du chaud du côté malade que du côté sain ; ce phénomène est surtout sensible à la main gauche.

Disons ici qu'à une faible distance au-dessous du zona à la région fessière et aux membres inférieurs, il n'y a aucune altération nerveuse ; à la tête et à la nuque nous n'en constatons également aucune, sauf quelques élancements à la tempe gauche déjà mentionnés. La perception de deux piqûres d'épingle nécessite un plus grand écart au membre supérieur gauche, ainsi qu'au tronc du même côté ; il y a partout une différence de deux ou trois centimètres, quelquefois plus, en comparant des régions symétrique. Les organes des sens, œil, ouïe, adorat, goût, sont normaux des deux côtés.

Parésie. — Le malade sent une faiblesse musculaire manifeste au bras gauche, difficulté de le maintenir longtemps en l'air, faiblesse de la flexion de l'avant-bras, peu de force dans les doigts, surtout au médius et à l'index.

Tr. Circulatoires. — Troubles circulatoires très marqués. Aspect violacé et marbré de l'avant-bras et de la main gauche : œdème de cette main augmentant dans la position déclive. Très légers troubles trophiques ; la surface de la paume de la main gauche à peine desquamante ; les ongles un peu ternes.

Malgré la parésie du membre supérieur gauche et les troubles circulatoires, il n'y a pas d'atrophie musculaire nette ; et la mensuration au centimètre donne des résultats abolument idendiques dans des régions symétriques.

Troubles secrétoires. — Troubles des secrétions : une injection de pilocarpine donne au bout de seize minutes une légère sudation sur le tronc du côté sain, aucune sudation du côté malade.

Les températures locales donnent des résultats différents suivant les régions symétriques, à l'aisselle gauche 37°2, à l'aisselle droite 37°, au pli du coude gauche 36°1, à droite 36°8, au creux de la main gauche 32°9, à droite 33°1. La tolérance électrique est bien plus grande au membre supérieur gauche qu'au membre supérieur droit, surtout à l'avant-bras et à la main, cependant la contractilité électrique est à peu près la même aux deux membres, sauf au pouce et à l'éminence thénar gauche, où la contraction réclame une plus grande intensité du courant.

La contractilité musculaire, suivant le sens du courant, donne des résultats contraires sur les deux membres ; tandis qu'au bras sain, il y a augmentation de la contraction à la fermeture du courant au niveau du pôle négatif, il nous a semblé qu'au membre malade, les contractions étaient plus fortes lorsqu'on interrompait le courant au pôle positif ; cependant, la différence est si faible que nous ne pouvons donner ce dernier résultat comme certain.

Aucune lésion interne, poumon, cœur, tube digestif travaillent librement, rien dans les urines, pas d'artério-sclerose. Cet homme est en parfaite santé, mais se sent incapable de reprendre son métier à la Manufacture d'Armes de Puteaux, à cause de la faiblesse de son bras gauche.

Aucun antécédent personnel ou héréditaire digne d'être cité ; pas d'intoxication professionnelle.

En somme le zona a été le premier symptôme des accidents nerveux que nous constatatons aujourd'hui. En a-t-il été la cause ou simplement la première manifestation ?

Ainsi il y eut dans ce zona intercostal des douleurs à distance, même de l'hyperesthésie symétrique, de l'hémie-anesthésie, de la thermo-anesthésie, de la parésie, des troubles circulatoires et des troubles de sécrétion. Habituellement l'herpès zoster n'est pas si prodigue de symptômes. Pourtant, si la réunion de tant de manifestations pouvait faire douter qu'il soit en cause ici, chacune de ces manifestations, prise à part, peut sans inconvénient lui être attribuée.

Nous allons successivement étudier les manifestations zostériennes à distance et en donner des observations.

Nous observerons dans notre étude la marche suivante :

1° Les douleurs à distance;

2° Les anesthésies à distance;

3° Les troubles trophiques aberrantes;

4° Les vésicules à distance;

5° Les paralysies à distance,

CHAPITRE PREMIER

Douleur et Hyperesthésie à distance

I. — LA DOULEUR

Souvent les différentes manifestations du zona ne débutent pas toutes ensemble, mais elles se suivent, elles se surajoutent. Et dans leur étude, nous commenceront par la douleur qui est habituellement le premier symptôme.

Il y a deux sortes de douleurs dans le zona ; une douleur superficielle dûe aux troubles cutanés locaux et une douleur plus profonde que l'on doit sans doute rapporter au nerf lui-même. La douleur superficielle consiste en des sensations subjectives variables, fourmillements, piqûres mais surtout en une chaleur, une cuisson absolument spéciales. Evidemment ce n'est pas cette douleur qui peut exister à distance, elle n'est dûe qu'aux lésions cutanées et les accompagne.

Il n'en est pas de même de la douleur profonde, qui tiendra à une véritable névralgie. Elle se traduira par des douleurs sourdes avec élancements et surtout on pourra la produire par une pression sur le nerf.

Les observations de zona se manifestant sur un nerf par la douleur seule sont rares, cependant le docteur Feré (1) en a publié quatre observations. Son premier malade, âgé de 19 ans est un épileptique fils d'alcoolique. L'éruption eut lieu sur la lèvre supérieure gauche et au

(1) FÉRÉ. *Revue de médecine* 90, p. 373.

niveau de la commissure labiale du même côté, et se traduisit au voile du palais et à l'amygdale par de la rougeur et de petites ulcérations. Quant à la douleur, non seulement elle accompagna l'éruption, siègea aux dents du maxillaire supérieur gauche et aux points d'émergence des nerfs sus et sous-orbitaires mais en même temps que débutait l'éruption elle apparut au niveau de l'œil gauche. Elle envahit bientôt l'œil et toute la région périorbitaire.

Il y eut à la fois : tension du globe oculaire, rougeur de la conjonctive, rétrécissement pupillaire larmoiement.

De telle sorte que, malgré l'absence des vésicules en cette région, il faut bien admettre que l'infection portait son atteinte sur la première branche du trijumeau en même temps que sur les deux autres.

Voici cette observation.

Observation II (Féré) (1)

Zona de la face, réaction fébrile, hallucinations visuelles. Etat saburral de la langue prédominant du côté affecté.

Le nommé M. S..., âgé de 19 ans entre à Bicêtre le 6 novembre 1889.

Son père était alcoolique, il est mort jeune, de ses excès.

Je passe sur les antécédents nerveux, faits chez les ascendants d'alcoolisme et d'épilepsie. Lui-même est épileptique.

Dans la nuit du 23 au 24 novembre, il s'est plaint de frissons et sa température rectale était le 24 au matin de 41°8 le pouls battait 12°. Il se plaint de douleurs dans l'œil gauche, qui ne présente rien de particulier et de sécheresse de la gorge.

On trouve sur la voûte palatine, sur le voile au palais et sur l'amygdale du côté gauche de petites plaques rouges. Langue blanche. Inappétence complète.

Le 25. — Le malade se plaint toujours de douleur avec tension dans l'œil gauche, mais toute la région périorbitaire est douloureuse. Douleur à la pression, au niveau du trou périorbitaire, larmoiement, légère rougeur de la conjonctive de ce côté.

Rétrécissement de la pupille gauche qui réagit bien moins que la droite à la lumière et à l'accommodation, quelques vésicules d'herpès sur la lèvre supérieure gauche et au niveau de la commissure labiale du même côté. Rougeur diffuse du voile du palais et de l'amygdale du côté gauche.

Les vésicules labiales et la rougeur palatine sont le siège d'élancements douloureux et d'une sensation de brûlure.

Le 26. — Mèmes douleurs oculaires et périorbitaires. Même rétrécissement de la pupille. Le malade a eu dans la nuit des hallucinations visuelles. Les vésicules d'herpès sont restées stationnaires à la lèvre.

Il en est apparu quelques-unes sur le voile du palais du côté gauche, où la rougeur diffuse s'est atteinte.

L'ouverture palpébrale gauche est un peu moins grande que la droite et de temps en temps on voit un mouvement convulsif des paupières qui s'étend à la joue, la commissure labiale se relève légèrement. Mêmes hallucinations nocturnes.

27. — Même état ; persistance du spasme.

28. — Recrudescence des douleurs spontanées avec grande sensibilité à la pression au devant du tragus au niveau des points mentionnés, sus et sous orbitaires. Les dents du côté gauche sont très sensibles. Petites ulcérations sur le voile du palais. Desséchement des vésicules labiales. La langue présente une différence latérale très évidente de coloration. Tandis que la moitié droite est rosée, de coloration à peu près normale la moitié gauche est d'un blanc jaune sale; persistance du spasme.

29. — Même état, la langue se nettoie un peu du côté gauche mais il existe encore une différence entre les deux côtés. L'ulcération du voile du palais a disparu il n'y reste plus qu'une petite plaque rouge, les vésicules labiales sont desséchées, la douleur a beaucoup diminué.

30. — Les douleurs sont très atténuées, la langue a repris son aspect normal et uniforme. Plus d'inégalité pupillaire,

plus de spasme, les croûtes tombent, la fièvre a disparu et les douleurs cessent graduellement

Mais au bout de 8 jours, les points d'émergence étaient encore sensibles. Il ne s'est pas produit d'accès d'épilepsie durant tout le cours de l'affection fébrile.

Nous avons rapporté la marche intéressante de la température dans cette observation à propos des manifestations à distance dans le zona.

Cet exemple bien qu'intéressant n'est pas très démonstratif, puisqu'il peut s'expliquer par la lésion du seul trijumeau gauche. L'observation que nous citons maintenant n'est pas capable d'une telle explication. Il s'agit ici d'un zona thoracique situé au-dessous du mamelon gauche et dans lequel on constata la présence d'une douleur tout le long des aphophyses épineuses, de la troisième dorsale à la deuxième lombaire. Elle consistait en de l'endolorissement dans l'immobilité et était manifeste surtout lors des pressions.

Observation III (Féré) (1)

F..., 45 ans, garçon de service, se présente le 7 décembre 89, se plaignant de douleurs dans la région abdominale et dans la région interscapulaire du côté gauche.

Ces douleurs auraient apparu il y a une dizaine de jours et se sont graduellement accentuées depuis. Ce n'est qu'hier qu'il a remarqué une éruption cutanée dans la région douloureuse. Depuis l'apparition de la douleur, il a de l'inappétence et une sensation de malaise général, mais pas de fièvre.

Il existe une éruption herpétique en forme de demi-cercle entourant la gauche du thorax au-dessous du mamelon. Cette éruption est inégalement distribuée sous forme de plaques, avec des vésicules, conglomerées, réunies par des vésicules isolées. En avant il existe deux larges bouquets de vésicules, sur le

(1) *Loc. cit.*

côté et en arrière, les éléments sont plus disséminés ; on y voit quelques vésicules à la période d'escharification. En avant, comme en arrière, l'éruption n'atteint pas la ligne médiane. Les vésicules sont développées sur des plaques rouges autour desquelles la peau, surtout en avant et sur le côté, a une teinte ombrée, violacée.

Cette altération de la peau, forme une plaque irrégulière de 11 à 12 centimètrés de hauteur, vers le mamelon. Toute cette région viclacée est le siège d'une anesthésie et d'une analgésie assez marquées, les 2 pointes du compas de Weber ne sont pas distinguées à neuf centimètres, tandis qu'elles le sont à quatre dans la région symétrique du côté droit. La température locale prise avec des thermomètres de surface au-dessus du mamelon et 34°8 à gauche et de 32°8 à droite.

En dehors de la douleur cuisante qui existe au niveau de l'éruption, il existe de la douleur spontanée et exaltée par la pression dans la région rachidienne. Cette douleur existe tout le long du chapelet des apophyses épineuses et un peu latéralement des deux côtés depuis la troisième vertèbre dorsale jusqu'à la deuxième lombaire. Lorsque le malade est dans l'immobilité, il s'agit plutôt d'une sensation vague d'endolorissement, sauf au niveau de la 8e dorsale qui correspond à l'émergence du nerf sur le trajet duquel s'est développée l'éruption, où il existe une douleur constante avec lancinements intermittents.

La pression est douloureuse depuis la 3e dorsale jusqu'à la 2e lombaire sur la ligne des apophyses et dans les gouttières vertébrales.

Pansement avec la poudre d'oxyde de zinc et de bismuth ; un gramme de sulfate de quinine.

9 décembre. — Les douleurs spontanées ont diminué ainsi que la rougeur. La teinte ardoisée que l'on remarquait à la périphérie des plaques rouges s'atténue, on remarque que même dans les points où les vésicules sont rares, la peau présente une épaisseur assez considérable au niveau de la région malade ; un pli de la peau a une épaisseur de deux centimètres et demi tandis qu'il n'a qu'un centimètre et demi dans la région symétrique du côté droit.

11 décembre. — L'éruption continue à s'affaisser et la rougeur s'éteint mais la douleur reste stationnaire ; toute la zone de l'éruption est très sensible à la pression, mais la sensibilité au contract léger, est très atténuée. Les douleurs rachidiennes persistent ainsi que la sensibilité à la pression.

20 décembre. — L'éruption esttout à fait sèche. Les douleurs sont très atténuées mais n'ont pas disparu dans la région des vésicules ; l'anesthésie persiste encore mais moins marquée ; il ne s'est pas produit d'autres points de sphacèle que ceux qui ont été signalés précédemment. Les douleurs rachidiennes spontanées et provoquées persistent et toujours dans la même étendue.

Le point douloureux au niveau de la vertèbre dorsale n'est guère plus sensible que le reste.

5 janvier 1890. — L'éruption a tout à fait disparu, il reste seulement une teinte foncée de la peau au niveau des anciens bouquets de vésicules.

Deux cicatrices blanches se voient au niveau des points escharifiés.

Les douleurs spontanées n'ont, au dire du malade, complètement cessé que depuis deux ou trois jours, il ne reste plus que quelques démangeaisons, au niveau de l'éruption. La sensibilité est redevenue tout à fait normale.

La rachialgie a aussi disparu mais une pression modérée rappelle encore la douleur, au niveau des apophyses épineuses depuis la 5e jusqu'à la 8e dorsale.

De cette observation nous rapprochons immédiatement la suivante qui lui ressemble beaucoup. Ici l'éruption siégea dans le huitième espace intercostal et la douleur se manifesta de la quatrième dorsale à la première lombaire, le long des apophyses épineuses et des gouttières vertébrales. Le maximum des douleurs qui s'accompagnait d'élancement était au niveau de la septième apophyse épineuse dorsale.

Observation IV. — Féré (1)

M..., âgé de 66 ans, épileptique depuis l'âge de 36 ans, à

(1) Féré (*Loco citato*).

Bicêtre depuis 18 ans. Il n'a qu'une vingtaine d'accès par an et travaille régulièrement à la buanderie de l'Hospice. Il ne se plaignait nullement du zona dont il était atteint et qui n'aurait pas été découvert si je n'avais l'habitude de visiter, tous les mois environ, tous les malades à nu.

10 décembre, il prétend qu'il y a environ trois semaines qu'il souffre du côté gauche, la peau brûlait. Il y vit de la rougeur mais ne s'en préoccupa pas davantage. Il existe une éruption herpétique déjà en voie de dessication, développée sur des placards rouges suivant le 8e espace intercostal, passant au-dessous du mamelon et constituée principalement par trois bouquets de vésicules en avant et deux en arrière, réunis par quelques vésicules isolées et disséminées, qui, en avant et en arrière n'attaquent pas la ligne médiane. Le contact de la peau est douloureux mais il n'existe pas d'anesthésie tactile.

La région rachidienne n'est pas douloureuse spontanément, mais la pression y provoque des douleurs très vives depuis la quatrième apophyse épineuse dorsale, jusqu'à la première lombaire. elle est surtout vive de la quatrième à la neuvième dorsale.

La pression sur les gouttières vertébrales est sensible aussi des deux côtés, dans la même étendue.

12 décembre. Depuis qu'on a appelé l'attention du malade sur les douleurs rachidiennes, il a remarqué que de temps en temps, il avait des élancements douloureux qu'il localise au niveau de la 7e apophyse dorsale. Mêmes douleurs à la pression. La déssication s'accentue, la rougeur diffuse a diminué.

La guérison se fait lentement, le 5 janvier il reste encore des croûtes jaunâtres, mais les douleurs ont complètement diparu et il faut une forte pression pour réveiller les douleurs du Rachis.

Observation V. — Féré(1)

Vésicules et douleurs à distance

J'observe actuellement dans une maison de santé de Montrouge une jeune tuberculeuse. Elle a des cavernes étendues au sommet gauche, son poumon droit paraissait sain au moment où elle a été atteinte d'un zona peu douloureux du côté droit, et constitué par deux plaques oblongues dans la direction de la circonférence du

(1) Féré (*Soc. Méd. des Hôp.* 14 octobre 1898).

thorax, l'une au niveau de l'angle inférieur de l'omoplate, l'autre au-dessus du mamelon, avec quelques vésicules intermédiaires. Pendant les jours qui suivirent, ont vit successivement apparaître des vésicules isolées à la nuque et derrière l'oreille du côté gauche, à la joue et sur le front du côté droit, puis un groupe dans la région sus-épineuse gauche. Ces vésicules erratiques ont évolué plus rapidement que les groupes principaux et n'ont pas laissé de cicatrice. Le jour de l'apparition du zona, on a pu constater plusieurs points douloureux à la pression, le long du rachis, qui n'avaient d'ailleurs aucun rapport avec le siège de l'éruption principale, l'un siégeait au niveau de l'intervalle compris entre la sixième et la septième apophyse épineuse-dorsale, un autre, entre la neuvième et la dixième dorsale et un autre entre la deuxième et la troisième lombaire. Ce fait pourrait, comme d'autres que j'ai déjà donné, être cité à l'appui du siège intra-rachidien de l'irritation.

Nous reviendrons sur ce cas qui montre des vésicules aberrantes. Nous faisons d'ailleurs sur lui toutes nos réserves car il survint chez un tuberculeux.

Enfin nous avons observé dans le service du docteur Klippel un cas qui nous semble plus décisif encore que les précédents.

Observation VI (inédite)

Recueillie dans le service du docteur Klippel par M. Jarvis externe du service.

Le nommé Boisgard, garçon de café, âgé de 30 ans, entre à l'Hôtel-Dieu annexe le 4 avril 1900. Salle Saint-Bernard.

Ce malade est tuberculeux. Il présente une infiltration assez étendue du sommet droit, une induration du sommet gauche.

Le samedi 29 avril, apparition d'un zona. Depuis quatre ou cinq jours, le malade éprouvait de très vives douleurs en demiceinture, siégeant au niveau du cinquième espace intercostal gauche (au niveau par conséquent de l'éruption actuelle). Ces douleurs étaient très intenses, continues, exaspérées par la toux.

Le samedi 29 avril, le malade s'aperçoit par hasard de la présence d'une bande d'érythème au niveau du cinquième espace gauche. Sur ce fond érythémateux sont apparues rapidement des vésicules, et l'éruption est bien caractérisée le lundi 1er mai. Elle a débuté sous le mamelon, puis s'est étendue en avant jusqu'à la ligne médiane, puis en arrière jusqu'au voisinage de la colonne vertébrale. L'éruption présente les apparences classiques du zona : petites vésicules opalines sur fond érythémateux. Les petites vésicules sont particulièrement confluentes en deux régions, l'une à la partie toute antérieure de l'espace, la deuxième au niveau de la ligne axillaire.

Le malade accuse de vives douleurs sur le trajet du cinquième nerf intercostal, assez intenses pour l'empêcher de dormir. Ces douleurs sont exaspérées par la toux, les secousses, les mouvements. La pression sur le trajet du nerf amène également une exacerbation de la douleur. La percussion, même faible, des lames vertébrales est douloureuse au niveau des 10e 11e et 12e dorsales bien au-dessous par conséquent du siège du zona. Au-dessus elle n'est pas douloureuse.

En avant, la pression ne réveille aucune douleur au-dessous du zona : par contre, les espaces sus-jacents sont douloureux à la pression, surtout le deuxième.

Du côté droit, la pression dans la gouttière latérale réveille une douleur obtuse mais certaine et étendue à la presque totalité des espaces intercostaux.

Pas de vésicules aberrantes.

La recherche de la sensibilité montre qu'il existe une bande d'hypoesthésie marquée se superposant au zona. Ailleurs la sensibilité est normale, pas de rétrécissement du champ visuel : pas d'hémi-anosmie, il semble que le goût soit un peu diminué du côté gauche.

Le malade dit que depuis longtemps il s'est aperçu que la jambe gauche était plus faible que la droite.

9 mai. — L'éruption a suivi son cours normal, les vésicules se gonflant d'un liquide légèrement trouble, puis se desséchant aujourd'hui elles sont sèches et la desquamation commence.

12 mai. — Anesthésie au niveau de l'éruption. Hyperesthésie immédiatement au-dessus dans la quatrième espace non loin du mamelon.

Pour la seconde fois on examine la langue, et on constate de nouveau une légère diminution de la sensibilité gustative à gauche.

Ainsi ce malade à présenté durant l'éruption. de la douleur à distance dans le deuxième espace intercostal à sa partie antérieure, et par ailleurs sur les trajets des 10e, 11e et 12e nerfs intercostaux dans leur partie postérieure. Enfin il existait une légère douleur diffuse à la pression dans la gouttière vertébrale du côté opposé à l'éruption.

Au moment où l'éruption fut éteinte, on constata de l'hyperesthésie immédiatement au-dessus d'elle et de l'anesthésie à son niveau.

Ainsi, même si nous laissons de côté les troubles du goût qui furent très peu accusés et par là discutables, nous avons encore des troubles de la sensibilité qui eurent lieu à distance, qui furent indiscutables et qui se produisirent pour ainsi dire en deux poussées successives puisqu'ils furent constatés les uns au moment de l'éruption, les autres après elle.

Ces exemples nous semblent prouver que dans le zona des lésions peuvent exister loin de la lésion principale et se traduire par des douleurs éloignées du siège de l'éruption.

Nous n'avons vu que dans ces cinq seuls cas la douleur exister isolée à distance, nous la verrons coïncider avec la plupart des manifestations aberrantes.

Les cas de M. Feré lui ont servi à soutenir l'origine médullaire du zona, nous verrons, dans le cours de cette étude que malgré tout ce qu'une théorie simpliste a de séduisant pour l'esprit, aucune n'est satisfaisante dans l'occurrence actuelle.

II

Hyperesthésie sensorielle

Des phénomènes très analogues se rencontrent dans

les nerfs de la sensibilité spéciale. De tels exemples sont précieux, puisqu'ils prouvent que la maladie se manifeste par des lésions plus éloignées entre elles.

Des phénomènes d'excitation nous dirons peu de chose, ils sont rares et surviennent habituellement chez des individus atteints de tares nerveuses. Ils consistent par exemple en des hallucinations. Nous avons rapporté un cas semblable dans la première observation de M. Feré (1). Rappelons qu'il s'agissait d'un zona des nerfs maxillaires supérieur et inférieur. Le malade, épileptique de 19 ans ressentit de violentes douleurs dans l'œil et la région péri-orbitaire, du même côté, sans qu'il y eut dans cette région aucune vésicule. Il se plaignit d'hallucinations visuelles quelques jours seulement avant la guérison, exactement le 26 novembre 1889 alors que sa maladie dura du 6 au 30 novembre.

Au point de vue du goût, nous citerons le cas de Remack (2) publiée par Voigt et que nous rapportons à propos de la paralysie faciale zostérienne. Le deuxième jour de la maladie, alors que débutait la paralysie faciale, le malade accusa un goût amer dans la moitié gauche de la langue (côté de l'éruption).

L'ouïe enfin se montre hyperesthésiée dans l'observation de Raymond (3) de diplégie faciale postérieure. Il y avait en même temps diminution du goût.

Ainsi des troubles par hyperesthésie se montrèrent une fois pour la vue, une fois pour le goût et une fois pour l'ouïe.

(1) Voir obs. II.

(2) Voigt. St-Pétersb. *Med. Vochenschrift*, 1885, n° 45.

(3) Cliniques des maladies du système nerveux. 3ᵉ série 1898, p. 615.

CHAPITRE II

Anesthésie à distance

1° ANESTHÉSIE DE LA SENSIBILITÉ GÉNÉRALE

A la suite de l'étude de la douleur vient tout naturellement celle de l'anesthésie. Sur le lieu même de l'éruption, ce phénomène suit très souvent la douleur. Il se produira encore tardivement s'il survient à distance. Dans l'observation qui suit, Messieurs Bourneville et Boncour rapportent un zona qui occupa, sans en dépasser les limites, toute la zône de distribution du troisième nerf intercostal droit. L'anesthésie porta aussi sur le bras du même côté, ne s'arrêtant qu'à l'avant-bras. Elle occupa donc des points dont la sensibilité ne dépend pas du troisième nerf intercostal mais du brachial cutané interne, de son accessoire, du nerf radial et enfin du circonflexe. De tous ces nerfs, seuls, le nerf accessoire du brachial cutané interne et parfois celui-ci s'anastomosent avec le nerf principalement atteint ; une propagation nerveuse ne suffirait donc pas à expliquer cette anesthésie à distance.

OBSERVATION VII

Zona Thoraco Brachial du 3e nerf intercostal avec anesthésie de tout le bras et troubles de la circulation. (*Bourneville et Boncour* (1).

S..., 25 ans, comptable, né dans la Drôme, habite Paris. Le

(1) BOURNEVILLE et BONCOUR (*Progrès médical* du 1er janv. 1899).

1er janvier 1899, le malade ressentit dans la région de l'épaule droite, une douleur vive qui s'exagérait par les mouvements du bras et offrait simultanément des accès, avec élancements paroxystiques. Les élancements ressemblaient, au dire du malade, à des piqûres d'épingle.

Le lendemain, 2 janvier, les douleurs persistaient, mais il y avait en plus des points douloureux dans l'aisselle et sur la partie antérieure de la poitrine ; au niveau de la région mamelonnaire, les mouvements du bras étaient particulièrement pénibles ; les mouvements d'adduction, notamment, provoquaient des douleurs au niveau du creux de l'aisselle. Durant ces deux jours, le malade a eu de la fièvre, caractérisée par de l'inappétence de la céphalalgie et des frissons. Pour combattre la douleur on fit des frictions avec un liniment calmant sur les régions douloureuses où, assurément, il n'y avait alors aucune éruption.

Le 3 janvier, à son réveil, le malade constata qu'il avait, à la partie antérieure de la poitrine, dans l'aisselle et à la partie postérieure de l'épaule des plaques rouges avec quelques vésicules claires. Il crut que c'était le résultat des substances employées pour soulager la névralgie. Le soir, toutes les parties rouges étaient recouvertes de vésicules ou de phlyctènes dues à la réunion des vésicules agglomérées.

Le 5 janvier, le malade ressentit quelques douleurs dans le bras droit ; il se produisit dans le courant de la journée sur la face interne de ce membre, une poussée de larges plaques de vésicules.

L'éruption s'est faite complètement en moins de deux jours,

Le 7 janvier le malade présentait une belle éruption de zona qui avait l'aspect suivant :

1° A la partie antérieure du thorax au niveau du 3e espace intercostal, il y a une traînée de plaques rouges de dimensions variables, de forme ovalaire à grand axe parallèle de l'espace intercostal, séparées les unes des autres par des intervalles de peau saine. Sur les surfaces rouges, il y a, répandues sans ordre, une série de vésicules fines et claires. Cette plaque. commence exactement sur la partie médiane, suit la direction de l'espace intercostal. Arrivée au niveau de la ligne mamelonnaire elle va se confondre avec une énorme plaque rouge présentant trois grandes phyctènes jaunâtres et se perdant en dehors dans l'aisselle et en bas avec une autre plaque descendant jusqu'à la ligne horizontale passant par le mamelon.

2° En faisant lever le bras du malade on constate que la plaque axillaire se décompose en trois plaques ovalaires à grand axe oblique, recouvertes chacune par des phlyctènes. Dans l'aisselle et sur la partie interne du tiers supérieur du bras, il y a une large plaque rouge sur laquelle sont disséminées des vésicules de dimensions très différentes et sans ordre.

Il y a une traînée qui descend sur la partie interne du bras, et bien visible lorsque regardant le malade par dernière on lui fait mettre la main dans le dos. Les groupes de vésicules y sont en très grand nombre, de dimensions variables. Elles cessent au voisinage du coude.

Dans la région de l'omoplate, il y a une série de surfaces rouges avec des vésicules rassemblées autour de l'épine.

Elles commencent en dehors, exactement à la partie médiane et deviennent de moins en moins nombreuses en allant sur la partie externe.

Les douleurs spontanées au niveau des plaques situées sur la poitrine et sur le dos manquent. Seul le frottement des vêtements est désagréable, mais non douloureux.

Au niveau de l'aisselle la douleur est au contraire très vive. Il y a des élancements continuels et un sentiment de tension.

Après examen, cette douleur semble en rapport avec le développement d'une adénopathie axillaire très prononcée. La pression à ce niveau est extrêmement pénible et les mouvements qui tendent à rapprocher le bras du tronc sont impossibles. Au contraire, le malade porte sans difficulté et sans douleur la main sur la tête. La pression ne donne aucun point douloureux, soit sur le trajet des grandes plaques, soit sur les points d'émergence des nerfs intercostaux de cette région.

La sensibilité à la piqûre est très atténuée sur les zônes saines qui avoisinent les plaques de zona.

La diminution à la sensibilité de la piqûre existe aussi sur le bras, non seulement au niveau de la partie occupée par l'éruption mais aussi sur toute la surface ; l'avant-bras ne présente pas ce phénomène.

Tout le membre droit, bras et avant-bras est plus froid que le gauche.

Le malade prétend que depuis la sortie de l'éruption il a une sensation de froid dans le bras et la main.

L'état général est excellent.

9 janvier. — Il n'y a pas de nouvelle poussée.

Les vésicules, transformées en de larges phlyctènes peu saillantes ont un contenu puriforme. Nulle douleur.

14 janvier. — Dessication des vésicules isolées, croûtes superficielles sur les phlyctènes. La peau correspondant aux plaques éruptives a une coloration d'un rouge brunâtre.

25 janvier. — Les lésions cutanées ont disparu.

Pas de névralgies, état général bon.

Juin. — Les douleurs névralgiques n'ont jamais reparu : il ne s'est produit aucune éruption secondaire et il ne reste que des macules brunâtres.

2° ANESTHÉSIE DE L'OUIE, DU GOÛT ET DE L'ODORAT

Les troubles sensoriels par anesthésie sont beaucoup plus fréquents. Nous réservons pour un chapitre suivant les troubles visuels qui méritent une place à part de par leur importance et dans certains cas de leur gravité exceptionnelle car ce sont ordinairement des atrophies de la papille. Et nous nous occuperons en ce moment de l'ouie, du goût et de l'odorat.

Une fois, nous avons vu l'anesthésie ou plutôt l'hypoesthésie de ces sens coexister, c'est dans l'observation de MM. Klippel et Aynaud de paralysie faciale zostérienne (1).

Deux fois l'ouïe et le goût furent pris en même temps sans troubles olfactifs : 1° dans une observation de Testaz que nous citerons à la paralysie ; 2° dans celle de Grassmann où il y eut aussi de l'œdème de la joue du même côte qu'un zona occipito-collaris. Deux fois l'hypo–

(1) Klippel et Aynaud. *Journal des praticiens*, 15 avril 1899.

acousie exista seule avec paralysie faciale zostérienne, c'est dans l'observation de Lannois et dans notre observation inédite de paralysie faciale dans le zona.

Disons dès maintenant que c'était un zona occipito-collaris qui ne dura pas plus de douze jours. L'hypo-acousie, est à la sortie de la malade, le seul symptôme qui persiste encore. Ici les troubles du goût furent recherchés avec soin, ils n'existaient pas.

L'hypo-acousie a encore existé dans le cas de Voigt que nous citons plus haut et dans lequel il y eut de l'hypéresthésie du goût. De même l'hypo-agueusie exista dans l'observation de Raymond où il y eut hyperacousie.

Dans tous les cas d'anesthésie que nous venons de rapporter, il y eut coexistence d'une paralysie faciale et des troubles sensoriels.

Devant de tels exemples, la première explication qui s'offre, consiste à rattacher les troubles du goût et de l'ouïe à la lésion du facial. Tout pourrait s'expliquer par une semblable lésion, à cause de la corde du tympan et des filets nerveux qui vont du facial aux muscles des osselets.

Cette théorie séduisante ne nous peut satisfaire entièrement. On affirme d'une façon moins nette l'intégrité du nerf auditif et du glosso-pharyngien quand on songe que la lésion du facial est déjà une manifestation à distance et qu'il n'y a pas de raison pour qu'une telle manifestation n'ait pas lieu sur d'autres nerfs aussi bien que sur celui-là.

En second lieu, cette explication ne suffit pas pour tous les cas. Il faut un autre responsable que le facial pour l'œdème de la face que l'on remarque dans le cas de Grassmann (1), pour les hallucinations visuelles du

(1) Voir observation LIII.

malade de Féré (1), et surtout par l'anosmie du cas de M. Klippel. D'autant plus que dans ce cas l'anosmie et l'agueusie existaient également du côte opposé au zona. Enfin nous avons de même observé dans le service de M. le docteur Klippel (2) un cas de douleurs zostériennes à distance, où il n'y eut pas de paralysie faciale et où l'on trouva pourtant à l'essai du quinine une diminution nette quoique pas absolue de la sensation du côté du zona intercostal.

Il semble enfin que le nerf du sens de l'espace puisse être lui-même atteint. M. Lannois rapporte un cas de paralysie faciale survenue brusquement et accompagnée de zona de la face du cou et du moignon de l'épaule du même côté. En même temps, le malade fut pris d'accès de vertige de Ménière. Le zona disparut, mais la paralysie faciale et le vertige durèrent deux ou trois mois. Il y eut de l'hypoacousie.

Ainsi que le fait observer M. Lannois, ces cas sont intéressants pour leur rareté et la difficulté de leur interprétation.

Si on peut admettre, soit un phénomène réflexe, soit une névrite de propagation, il vaut mieux invoquer une infection commune, donnant à la fois le zona et une paralysie analogue à celle du tétanos céphalique.

Il faut ainsi toujours en revenir à cette théorie infectieuse dont tout prouve l'existence et qui seule peut tout expliquer.

(1) Voir observation II.
(2) Voir notre observation inédite de douleurs, observation VI.

CHAPITRE III

Troubles trophiques à distance

1. ALTÉRATIONS DU NERF OPTIQUE ET DE LA PAPILLE DANS LE ZONA

Nous venons de voir des exemples de zona avec manifestations à distance sur les nerfs de la première paire, peut-être de la huitième et enfin de la neuvième, si l'on veut bien admettre que la corde du tympan continue le nerf de Wrisberg et appartient ainsi au glosso-pharyngien. Le nerf optique présente parfois des troubles plus graves que les hallucinations dont nous avons donné un exemple.

Ils se produisent dans des cas de névrite optique et de papillite pouvant se terminer par l'atrophie de la papille et la cécité.

La première observation de ce genre est due à Hutchinson.

OBSERVATION VIII (Hutchinson) (1)

La malade, une femme âgée de 60 ans, présente une éruption intense, occupant tout le côté droit du nez avec quelques vésicules au front droit. La perception lumineuse est complètement abolie. La cornée est légèrement trouble sans présenter aucune opacité dense. La pupille est dilatée et immobile, il y a quelques synéchies postérieures, mais elles sont petites et la pupille n'est

(1) *Thèse* de HYBORD, 1872, Paris.

pas obstruée. L'iris a perdu son lustre. Le globe n'est pas dur, la paupière supérieure tombe de façon à couvrir complètement le globe, mais la malade arrive à le faire mouvoir un peu. Les muscles droits sont intacts.

Il y eut donc ici névrite optique, dilatation pupillaire et ptosis. Dans un cas de Zona ophtalmique dû à Bowmann, il y eût, outre une lésion de la troisième paire se manifestant par de la dilatation pupillaire, de l'atrophie de la papille.

Observation IX Bowmann (2)

Homme de 44 ans. L'éruption occupe la moitié gauche du visage, à partir du pli naso-labial jusqu'au lobule de l'oreille ; elle intéresse en outre la région temporale, le sourcil, la racine du nez.

Les douleurs sont très intenses, et les paupières sont fortement enflées. Lorsque la diminution du gonflement des paupières permet au malade d'ouvrir l'œil, on trouve qu'il est devenu aveugle.

La paupière supérieure gauche reste un peu tuméfiée, et la fente palpébrale ne possède que la moitié de sa hauteur normale. Les mouvements du globe sont normaux. La pupille est dilatée et réagit seulement consensuellement.

Pas de perception lumineuse. Les milieux réfringents sont clairs, le disque est blanc et les vaisseaux sont diminués de volume.

L'œil droit est normal.

Tous les cas n'ont heureusement pas une telle gravité. Dans les deux cas que nous citons encore de névrite optique, la vision resta diminuée, mais ne fut pas abolie.

Observation X Daguenet (1).

Zona ophtalmique et névrite optique du côté correspondant.

M. L., âgé de 50 ans, officier supérieur de l'armée, est exempt

(2) Contribution à l'étude du zona ophtalmique Sulzer, *thèse*, Paris, 98

(1) Daguenet. — *Recueil d'ophtalmologie*, avril 77, et., *loc. cit.*

de tout antécédent morbide. Il est d'une tempérament nerveux et présente tous les attributs d'une bonne constitution.

Au mois d'avril de l'année dernière, après bon nombre de journées passées à cheval par le froid et le vent, M. L..., est subitement atteint de douleurs névralgiques semblant partir du globe oculaire droit et s'irradiant dans le front et la tempe du même côté.

En même temps, le malade remarque, suivant son expression, qu'un petit bouton lui est poussé entre les deux sourcils, sur la partie droite de la racine du nez. Ce bouton est le siège de vives démangeaisons.

Pendant trois jours, les douleurs sont assez supportables, mais dans la nuit du quatrième jour, elles s'exaspèrent, s'accompagnent de gonflement de la paupière supérieure et restent extrêmement violentes pendant 48 heures que le malade passe dans une chambre complètement obscure. Enfin, la crise se calme, mais quel n'est pas l'effroi du malade en constatant qu'il ne voit presque rien de l'œil droit.

C'est alors qu'il me fait demander et voici les conditions dans lesquelles je le trouve.

Courbature, anorexie, fièvre légère, céphalalgie.

Au-dessous du sourcil droit, sur le trajet du nerf sus-orbitaire, on remarque un gonflement et une rougeur de la peau sur une étendue de trois à quatre centimètres. Sur la partie droite de la racine du nez et ne dépassant la ligne médiane, on voit une grande plaque très rouge ulcérée au centre et recouverte de croûtes;une autre tâche rouge, voisine de la précédente et de date plus récente, car elle est encore recouverte de quelques vésicules existe, un peu au-dessus du tendon de l'orbiculaire droit. La paupière supérieure présente un gonflement œdémateux assez prononcé.

Toutes ces parties sont anesthésiées ce que l'on constate en piquant les téguments avec une épingle. Toutefois, la compression du nerf sus-orbitaire provoque une douleur sourde.

La conjonctive est légèrement injectée, sans chemosis, sans trace de vésicule.

Le larmoiement est assez considérable.

La cornée est saine. L'iris est normal. Toutefois, la pupille est un peu plus dilatée que celle de l'autre côté.

A l'ophtalmoscope, tous les milieux réfringents ont leur

transparence physiologique, mais on trouve les signes d'une névrite optique fortement accentuée.

Ainsi la pupille est tuméfiée et complètement masquée par les exsudats, de sorte qu'elle ne se reconnait plus que par le point d'émergence des gros vaisseaux. Ceux-ci sont sinueux, tortueux, surtout les veines qui paraissent interrompues par places et divisées en tronçons.

Un affaiblissement considérable de la vision accompagne les symptômes.

De l'œil atteint, le malade ne peut compter les doigts à un pied de distance et distingue à peine la lumière d'une lampe placée à un mètre.

L'œil gauche reste sain, complètement indemne, iodure de potassium, friction hydrargyrique locale, révulsion.

Une amélioration sensible se manifeste et la vision revient peu à peu. Quatre mois après le début on trouve : $V = \frac{1}{6}$

La papille présente alors tous les caractères d'une atrophie consécutive. Il y avait encore parfois des douleurs névralgiques sur le front et la tempe du côté droit.

Les douleurs ne disparaissent définitivement que deux mois après.

Aujourd'hui, l'ocuité visuelle est restée $\frac{1}{6}$, et le malade porte sur le front et près de la racine du nez trois cicatrices indélébiles dont l'une mesure près d'un centimètre et demi de diamètre.

Enfin, l'observation de Sulzer nous intéresse plus encore que les trois précédentes puisque les deux nerfs optiques furent atteints dans un zona unilatéral.

Elle rentre aussi davantage dans la manière de faire habituelle du zona qui ne présente pas habituellement des lésions aussi durables et est le plus souvent une affection bénigne.

Observation XI (Sulzer) (1)

Névrite optique double dans zona unilatéral

Madame X..., âgée de 63 ans, me consulte le 29 juin 1896 pour une affection aiguë de son organe visuel. La malade est ané·

(1) Sulzer. *Thèse* Paris 1898.

mique et arthritique comme tous ses frères et sœurs, elle présente une hypermétropie très forte et je l'ai examinée à plusieurs reprises durant ces dernières années.

Son mari et sa fille unique sont morts poitrinaires, mais elle ne présente aucun symptôme de tuberculose. Parmi ses antécédents personnels, il convient de noter des accès de fièvre paludéenne ; cette maladie s'est manifestée pour la première fois pendant un séjour à Rome il y a quarante ans, et elle a récidivé il y a 10 ans durant un voyage en Algérie. Depuis le retour en Europe, les accès sont allés en s'affaiblissant, mais la malade a ressenti ces derniers temps encore des malaises qu'elle attribue au paludisme.

Les urines ne contiennent ni sucre ni albumine. La malade n'a jamais souffert des yeux.

Depuis trois semaines, le côté droit de la tête est le siège de douleurs névralgiques ; au commencement, elles se sont fait sentir surtout dans l'œil au niveau de la caroncule, mais bientôt elles ont envahi le pourtour de l'orbite et le côté droit du front.

Le 28 juin, en se réveillant, Mme X..., constate un affaiblissement considérable de l'acuité visuelle. Un brouillard voile complètement la vue de l'œil droit tandis qu'un trouble moins fort s'étend à l'œil gauche. La peau du côté droit du front, se trouve couverte « d'une croûte épaisse » qui s'étend le long du cuir chevelu et qui est le siège de fortes démangeaisons.

Le 29 juin, l'œil droit présente de l'injection périkératique et épisclérale. La tension intra-oculaire est normale ou diminuée.

Le globe est très sensible à la pression au niveau du corps ciliaire, la pupille est très étroite, et ne s'élargit que très peu quand on couvre les yeux. Le changement le plus apparent est un trouble de la cornée qui occupe le secteur supéro-interne de cette membrane et qui empiète un peu sur l'aire pupillaire. En examinant la cornée à l'éclairage oblique et à la lampe, on remarque que la couche épithéliale est intacte ; dans les couches sous épithéliales du tissu propre, un feutrage fin et serré se dessine en gris, tandis que les couches profondes sont le siège d'un trouble diffus.

L'acuité visuelle de l'œil droit n'est que de 2/200 en disproportion manifeste avec le trouble cornéen. L'ophtalmoscope rend compte facilement de cet état de choses. La papille est couleur de braise légèrement opaque, mal délimitée ; ses vaisseaux sont larges. sinueux. Il y a donc une névrite optique manifeste. Les milieux réfringents, à l'exception de la cornée. sont transparents.

La pupille, sans être adhérente ne s'élargit que d'une façon lente et incomplète sous l'action de l'atropine.

A l'œil gauche, l'acuité visuelle est de 5/50 ; la périmètrie explique l'expression de la malade qui dit que cet œil est couvert d'un voile incomplet : il y a un scotome central irrégulier. A l'ophtalmoscope on y voit les mêmes altérations de la papille qu'à l'œil droit.

Au front, entre le sourcil et le cuir chevelu, il y a plusieurs plaques érythémateuses dont le niveau dépasse sensiblement le niveau de la peau environnante, ces plaques présentent quelques vésicules d'herpès à côté de quelques soulèvements de l'épiderme de la grandeur et de la forme du vésicule herpétique, mais rempli d'un contenu solide. Sur la racine du nez, il y a également une plaque pareille. La paupière supérieure est gonflée. mais libre de vésicules herpétiques. Les ganglions préauriculaires et les ganglions maxillaires sont engorgés. Les points d'émergence du nerf nasal externe et des deux nerfs frontaux sont sensibles à la pression. Les douleurs névralgiques sus-orbitaires s'exaspèrent régulièrement vers la nuit et produisent une insomnie presque complète. Anorexie, courbature.

Le front droit et le côté correspondant du nez présentent un amoindrissement très marqué de la sensibilité au toucher et à la douleur.

7 juillet, acuité à gauche 5/50, à droite 5/15. Les phénomènes de la papillite se sont considérablement améliorés, tout en présentant deux rechutes coïncidant avec l'éruption de quelques vésicules et de quelques soulèvements de la peau frontale, précédées et accompagnées de douleurs névralgiques.

27 juillet, œil gauche + 3,0 5/10 à 5/6, œil droit + 3,0 5/20. Le trouble diffus de la cornée est presque complètement résorbé. Mais à la lumière transmise, le secteur supéro-interne de la cornée présente toujours l'aspect d'un feutrage fin plus dense à une petite distance du limbe, qu'à son voisinage immédiat.

Cet aspect ressemble à celui qu'on voit à la seconde période de la kératite interstitielle diffuse, dans la période de la vascularisation. Un examen attentif permet néanmoins de relever des différences. Tandis que les vaisseaux cornéens de la kératite se dichotomisent régulièrement en s'amincissant, les fils gris de notre cas ressemblent au feutrage d'un mycélium de champignon, de l'aspergillus par exemple.

Le 7 août il y a une nouvelle poussée, précédées de douleurs névralgiques, la peau du front présente quelques soulèvements en même temps qu'une vésicule herpétique typique se forme sur le limbe de la cornée en haut.

Le secteur supéro-interne de la cornée présente de nouveau une infiltration profonde et le gonflement conjonctival montre que cette fois, la conjonctive participe à l'éruption. 24 heures plus tard, la petite vésicule du limbe est crevée et fait place à une ulcération superficielle qui s'étend surtout du côté infiltré de la cornée. Ce n'est que deux mois plus tard que la lacune épithéliale ainsi créée se comble après s'être vascularisée péniblement.

Le 21 septembre survient une troisième et dernière poussée du côté du front. Elle est procédée de quelques élancements dans le front, qui augmentent d'intensité lorsque l'éruption est sortie. La pupille maintenue en état de dilatation moyenne à l'aide de l'atropine devient adhérente dans cette position, et il se forme un léger exsudat pupillaire. Cette attaque d'iritis se guérit en trois semaines.

L'application du courant galvanique, continuée pendant trois mois finit par faire disparaître les symptômes névralgiques et inflammatoires. Il subsiste néanmoins un certain trouble de la cornée qui réduit l'acuité visuelle à 5/15 ; la papille est pâle sans être atrophiée. L'œil gauche est normal. Les vésicules du front et du nez ont laissé des cicatrices caractéristiques.

Nous ne notons que pour mémoire le cas de Hubsch (1) qui fut anormal et peut ne pas reconnaître comme étiologie l'infection zostérienne.

Il s'agit d'un herpès chronique généralisé, dans lequel il y eut atrophie blanche double des nerfs optiques. Cécité complète qui met deux ans à s'installer d'une façon définitive. Les éruptions surviennent d'une façon périodique.

La question de l'Herpès chronique nous semble trop controversée pour qu'une telle observation puisse nous servir.

(1) *Annales d'oculist,* 67, page 237. HUBSCH.

De ces quatre exemples on ne peut guère tirer de règles générales, au point de vue de la marche ou de la gravité de la névrite optique zostérienne.

Pourtant, faisons remarquer la violence des douleurs qui l'ont accompagnée. Elle s'est manifestée une fois, quand le gonflement des paupières a diminué. Bowmann ne nous donne pas d'indication plus précise, au déclin de la maladie; une fois le cinquième jour (cas de Daguenet) c'est-à-dire en pleine évolution.

Dans le troisième cas, enfin, elle apparut en même temps que l'éruption et pour ainsi dire comme premier symptôme après la douleur. Toutefois, dans ce cas, les douleurs avaient précédé l'éruption de trois semaines. D'autre part, la névrite optique semble se montrer rapidement avec toute sa gravité.

Dans le cas de Bowmann où la perte de la vision fut complète, elle eut lieu d'emblée pour ainsi dire. Dans les autres cas, l'électricité fit regagner de l'acuité visuelle durant des mois successifs. Ce n'est qu'au bout de trois ou quatre mois que l'état très amélioré, sinon guéri, resta définitivement stationnaire.

Néanmoins le pronostic est ici plus grave que dans les autres accidents zostériens puisque sur quatre nerfs optiques atteints, un seul, celui qui fut du côté opposé à l'éruption, recouvra son intégrité parfaite et qu'un autre fut définitivement atrophié.

2° KÉRATITES DU ZONA

Ce n'est pas seulement sur le nerf optique que des accidents de nutrition peuvent survenir dans le zona.

Nous parlerons bientôt des vésicules qui peuvent siéger sur un point quelconque des téguments. Mais au niveau de l'œil, la conjonctive ou la cornée peuvent être lésées de cette façon.

M. Terson (1) s'est occupé tout spécialement de ces cas très rares.

Nous ne parlerons que pour mémoire des troubles survenus dans un œil resté sain longtemps après la perte d'un œil atteint de zona. M. Terson en a réuni plusieurs observation, d'abord un cas de Noyes (2).

Il s'agit d'un zona opthalmique gauche. L'œil du même côté fut perdu. Dix mois plus tard, irido-choroïdite de l'œil droit et perte de cet œil sans nouveau zona.

De même Guérin dans sa thèse en 1894, en rapporte deux autres cas :

Le premier concerne un homme qui perdit un œil par irido-choroïdite de zona. Plusieurs années après il y eut des troubles sympathiques assez indécis dans l'œil du côté opposé.

Le second cas rapporte qu'il y eût une éruption de phlyctènes et d'un point de kératite symétrique sur un œil resté sain, alors que son congénère avait eu des troubles dûs au zona.

Nous ne nous attarderons pas à ces cas, d'abord parce qu'actuellement aucune théorie ne peut être satisfaisante pour les expliquer, et en second lieu parce qu'ils ne sont qu'indirectement rattachables à l'origine zostérienne.

L'observation personnelle de M. Terson est bien plus intéressante ; ici la kératite se produisit tôt, quand l'affection était seulement à son déclin.

(1) Terson. *Bulletin Médical*, 1893.
(2) Noyes, *Trans. oph. American Soc.*, 1873.

OBSERVATION XII (TERSON) (1)

Neuro-Kératite zostérienne double dans zona unilatéral

Le nommé A..., âgé de 33 ans, est amené, le 6 janvier 1893, dans le service de mon maître, Monsieur Panas, à la suite de lésions kératiques graves. Antécédents héréditaires sans intérêt. Le malade s'est bien porté lui-même jusqu'en 1892.

Pas de rhumatisme, pas de syphilis, blennorragie ancienne, bien guérie, pas d'alcoolisme. Il a déjà été atteint d'une sorte de bronchite à répétition il avait, en même temps, de l'essouflement des crises de palpitations et fréquemment de l'œdème aux membres inférieurs.

Les digestions sont depuis extrêmement lentes. Le malade vomit assez souvent ce qu'il a ingéré et quelquefois, le matin des matières verdâtres. A diverses reprises des hémoptysies sont apparues.

Cet état général mauvais à continué sans s'aggraver, jusqu'en octobre dernier : à cette époque l'essoufflement, les palpitations, l'œdème des jambes ont tellement augmenté que le malade a interrompu tout travail.

Il a commencé à éprouver, inopinément, dans la région frontale gauche, de violentes douleurs névralgiques : elles ont duré, très intenses une huitaine de jours, ont diminué, et comme, d'autre part, l'essoufflement et l'œdème des jambes étaient moindres, le malade a essayé de travailler ; mais il s'est arrêté de nouveau, les névralgies ayant reparu, toujours plus vives.

Le 13 octobre, il éprouve des douleurs légères dans l'œil gauche, le 14 en se réveillant, il se sent enflé dans sa partie gauche : il existe une éruption de grosses vésicules de ce côté, éruption qui atteint une portion du cuir chevelu. Dès ce moment la vue se trouble de plus en plus à gauche; il apparaît une tache jaunâtre sur l'œil. Au commencement de décembre, le malade n'y voyait plus rien de cet œil. Les névralgies ont persisté.

Le 25 décembre, nouveaux accidents pulmonaires ; œdème des jambes : l'œil droit, jusque là excellent se prend, la cornée perd sa transparence : sécrétion conjonctivale assez abondante, pas de vives douleurs oculaires, plutôt de simples picotements ; pas de névralgie frontale ou d'éruption de ce côté. Du côté

(1) TERSON. *Bulletin Médical*, 1893.

gauche, les douleurs névralgiques, atténuées, persistaient encore : les vésicules du zona étaient desséchées et croûteuses. La vue disparaît du côté droit.

A l'entrée du malade, sur la partie gauche du front et sur la partie antérieure correspondante du cuir chevelu, cicatrices caractéristiques du zona. Ces cicatrices s'arrêtent exactement sur la ligne médiane et ne la dépassent pas. L'œil gauche présente une cornée bosselée à peu près complètement opaque, à part un petit croissant transparent en haut qui permet de voir l'iris entièrement accollé par toute sa surface à la face postérieure de la cornée.

Il y a encore des névralgies fréquentes dans la journée et le soir. Il n'y a pas actuellement l'anesthésie complète du territoire de la branche ophtalmique gauche : la partie transparente de la cornée, la conjonctive sentant légèrement le contact, le chaud et le froid.

L'œil a une tension à peu près normale ; en tout cas, il n'est point hypotone ; il n'est pas atrophié. Très faibles perception et projection lumineuses.

A droite, léger œdème des paupières ; aucune trace d'éruption frontale. Conjonctive injectée ; sécrétion catarrhale, cornée largement infiltrée, jaunâtre : sa partie inférieure est ulcérée ; sa consistance est mollasse et pâteuse. La sensibilité de la face de ce côté est plus marquée qu'à l'autre, l'œil est assez sensible au contact, mais très peu douloureux. Ce processus est en somme torpide, bien que destructif au plus haut degré. Si l'on en juge par l'étendue et la forme des lésions, l'apparence des parties détruites, qu'aucune grosse infection, lacrymale ou autre ne peut expliquer seule, on est obligé d'admettre qu'il y a là l'aspect d'une lésion commune pour les deux yeux et qu'il y a eu une double kératite de genre neuroparalytique.

Les autres organes des sens sont en bon état : l'odorat est le même à chaque narine : les deux oreilles entendent bien. Le goût est conservé.

Le malade a une insuffisance mitrale très marquée. Ses urines ne contiennent ni albumine ni sucre (il dit avoir eu de l'albumine il y a trois mois) : pas de polyurie. Constipation, digestions pénibles. Palpitations : œdème des jambes.

Râles sibilants aux deux bases, rien au sommet des poumons.

Reflexes rotuliens bien conservés.

Le malade a la face bouffie et le teint verdâtre, il n'est pas très amaigri.

En avril son état général, sous l'influence du traitement de la maladie de cœur, s'était amélioré.

Du côté des yeux, l'occlusion avec poudre d'iodoforme, unie à l'électrisation qu'on a commencée peu de temps après, a permis à la cornée droite de se cicatriser avec un leucome adhérent laissant une large bande de tissu transparent en haut. Le tonus est bon ; il n'y a certainement pas de décollement rétinien : perception et projection lumineuses supérieures à celles du côté gauche. Une iridectomie optique, que l'extraordinaire étroitesse de la chambre antérieure n'a point permis de faire assez grande, a été tentée.

Le cristallin paraît trouble de ce côté, autant qu'on peut en juger par la petite brèche irienne : le malade voit cependant les couleurs et distingue le moment où des objets passent devant ses yeux : une nouvelle intervention pourra lui rendre service : car le leucome semble se condenser, et par son rétrécissement, la partie transparente s'élargit.

M. Terson fait justement remarquer que l'on peut hésiter entre deux explications : Y a-t-il lésion névritique trophique ou infectieuse double entraînant une lésion oculaire double ? Y a-t-il eu transmission à l'autre œil et ophtalmie sympathique dont les lésions de l'œil gauche auraient été l'origine ?

Cette seconde explication admissible pour les cas dont nous parlions précédemment ne saurait l'être ici. Nous faisions remarquer le long espace de temps qui séparait les deux manifestations oculaires. Ici M. Terson insiste sur la précocité du début de la lésion qui survient à une époque relativement peu avancée de la maladie. Il trouve une seconde raison de combattre la théorie du trouble sympathique dans le mécanisme d'après lequel l'œil est atteint et qui est le même des deux côtés. La kératite a une forme bien spéciale ; il n'y a pour ainsi dire pas de réaction, et les deux yeux ont un aspect presque identique quand le processus est terminé. Il y a eu une sorte de destruction rapide et presque toute une cornée.

« Nous croyons, dit M. Terson que des deux côtés, la nécrose cornéenne a été favorisée par des troubles trophiques et infectieux survenant dans les deux trijumeaux. D'un côté la lésion a évolué au point de développer au zona. Du côté opposé, la lésion cornéenne a évolué seule. Il y a eu une affection fruste à droite, complète sur la branche ophtalmique gauche ».

Nous voyons ici un exemple de plus d'un zona se mani festant sur un nerf éloigné par un trouble isolé de so fonctionnement, et par un symptôme qui ne serait pas attribué à sa cause véritable si le zona complet concomitant ne nous en donnait la clé.

3. — Troubles vaso-moteurs

Que le cas de M. Terson soit dû à de l'atrophie ou bien qu'on lui reconnaisse pour cause des troubles vaso-moteurs, il conserve pour nous toute son importance.

Une telle distinction serait difficile ici comme dans les cas dont nous avons parlé de kératite zostérienne.

Les vésicules souvent n'existaient pas sur la cornée ni sur la conjonctive.

La théorie des troubles vaso-moteurs est très soutenable quand on songe quelle extrême importance ces troubles présentent dans le zona. Accompagnés de phénomènes d'infiltration,, ils occupent habituellement un territoire plus vaste que celui des vésicules et des douleurs. Par exemple la conjonctive est très ordinairemen rougé dans le zona ophtalmique, même quand elle ne porte aucune vésicule.

C'est d'ailleurs un phénomène qui comme tous les autres s'est montré éloigné de la manifestation initiale du zona. Il y eût œdème de la joue dans l'observation de Grassmann (1), de zona du cou avec paralysie faciale. Il eût encore œdème de la joue à distance dans le cas de Raymond (2), de diplégie faciale zostérienne que nous rapportons plus bas.

Rappelons que les troubles vaso-moteurs (3) à distance furent des plus nets dans le cas de Bourneville et Boncour d'anesthésie à distance. C'était un zona thoraco-brachial et tout le bras était le siège d'une sensation de froid qui répondait à un réel abaissement de la température.

(1) Voir Observation III.
(2) Voir Observation IV.
(3) Voir Observation VII.

CHAPITRE IV

Vésicules aberrantes

1° DESCRIPTION DE L'ÉRUPTION

Après l'étude des troubles trophiques rares du zona que nous venons d'étudier, nous arrivons à une étude bien plus connue, celle de la vésicule aberrante. Ce trouble trophique de l'épiderme est le symptôme le plus commun, le signe essentiel de la maladie.

L'éruption du zona se manifeste tout d'abord par des plaques érythémateuses dont la teinte rouge disparaît par la pression. Elles ont un contour irrégulier, mais sont habituellement ovales, allongées suivant le trajet des nerfs de la région.

Ces taches sont peu surélevées, dissemblables entre-elles et séparées par des intervalles de peau saine. On en compte habituellement quatre ou cinq, mais leur nombre est très variable et peut atteindre vingt ou trente.

Des vésicules paraissent bientôt sur elles. D'abord à peine perceptibles, et, à cette période, papules plutôt que vésicules, on les voit grandir, se remplir d'un liquide d'abord clair et transparent. Leur nombre est de quatre à quinze et plus. La rougeur de la plaque qui les porte, augmente habituellement d'intensité, mais diminue d'étendue à mesure qu'elles évoluent, dans certains cas, elle ne forme plus qu'une aréole autour de chaque vésicule qui se sépare ainsi de ses voisines. Cependant la vésicule grandit, elle atteint la taille maximum d'une lentille. Elle est tendue par un liquide qui est le plus souvent louchit et prend une teinte jaune parfois teintée d'un peu de sang.

Au bout de quelques jours, elle s'affaisse et s'aplatit car son liquide se résorbe ou bien est évacué au dehors. Suivant le cas, elle se recouvre d'une légère croûtelle brune ou bien d'une croûte jaunâtre impétigineuse. La croûte n'aura plus qu'à se dessécher et à tomber pour que la guérison s'obtienne, en trois ou sept jours. Une coloration rouge ou pigmentée succède à la chute de la croûte qui laisse parfois une cicatrice.

Voici les caractères de la vésicule, en tout semblable à la vésicule d'herpès. C'est là ce qui nous la fera diagnostiquer lorsqu'elle siègera loin de la zone la plus atteinte, son aspect est assez variable sur des plaques, là, en effet, les vésicules peuvent être cohérentes, former des éléments d'une taille anormale ou bien présenter l'apparence d'un soulèvement épidermique sans limites bien nettes. Mais lorsqu'elle est isolée, la vésicule garde mieux ses caractères, bien qu'elle puisse avorter et disparaître avec une rapidité anormale. Il est d'ailleurs impossible de la distinguer d'une vésicule d'herpès.

Ajoutons enfin que toute l'éruption ne se fait pas d'un seul coup, et que par conséquent, les vésicules n'ont pas toutes le même âge.

Cet élément essentiel ainsi étudié, c'est lui que l'on rencontre le plus souvent à distance.

L'infection zostérienne peut se manifester par une éruption sur le territoire de deux ou trois nerfs voisins. Le zona est dit alors double ou triple. C'est un cas fréquent pour les nerfs intercostaux ou pour ceux du plexus cervical superficiel. Il est plus rare que deux plexus soient atteints, surtout s'ils n'occupent pas le même côté du corps.

Il serait trop facile d'imaginer une cause unique à des zonas doubles ou triples, pour que leur étude nous intéresse.

2° BILATÉRALITÉ (1)

La bilatéralité est une chose qui n'est pas très rare ; pour l'expliquer, M. Brissaud fait intervenir la théorie des métamères. Inutile de dire qu'ils n'ont pas le pronostic fatal que Pline leur reconnaissait dans un axiome qui n'a pas sa raison d'être.

En 1671, Thomas Bartholin en remarqua un exemple.

Dans la thèse de Boulland en 1888, on en trouve recueillis un certain nombre.

D'abord celle de Montaut, 1829.

Celle de Franck, 1838 qui n'offre rien de spécial

Puis il répète celle de Lallier que l'on trouve aussi dans la thèse de Hybord 1872. C'est un zona bilatéral de la face.

L'observation de Carry 1874, est un cas de zona double des paupières. C'est un exemple bien curieux de zona récidivant, d'ailleurs zona prémonitoire des règles, c'est-à-dire de nature absolument indéterminée.

Hybord rapporte dans sa quatrième observation un zona bilatéral de la face.

Dans la thèse de Testut 1874, est une observation de Peyre, d'un zona intercostal, bilatéral et symétrique.

L'observation inédite de M. Brissaud, que rapporte Boulland (2), nous semble aller justement contre la

(1) *Thèse* de BOULLAND, Paris 1888.
(2) *Loc. cit.*

théorie qu'il soutient car s'il y eut bilatéralité, il y eut aussi des vésicules disséminées sur des régions lointaines de l'éruption principale; nous citerons plus loin cette observation.

En 1892, Hallopeau et Barié. (2)

En 1893, Palm à la Société Berlinoise de dermatologie, présente un cas de zona bilatéral.

En 1897, Lermoyez et Barrozi, présentent un zona double, bucco-pharyngien ce qui est intéressant, ne fut-ce que par la difficulté du diagnostic.

En 1898, Cantrel (3) présente un malade qui à la suite d'une bronchite simple est pris d'un zona typique bilatéral correspondant au douzième nerf intercostal des deux côtés. La guérison survint en quelques jours.

Enfin, la même année, Fox (1) et Sulzer (2) dans leur thèse de Paris, 1898 en publient encore deux cas. Nous reviendrons sur le cas de Fox qui présentait une plaque aberrante.

Ainsi les cas de bilatéralité sont fréquents et ne montrent aucune malégnité spéciale. Nous ne nous y arrêtons pas.

3. — Zona systématisé a un coté du corps

Une observation de Fournier, si elle n'était pas unique et discutable nous ferait croire qu'un zona peut se généraliser à toute une moitié du corps.

(1) Soc. de Dermatologie 10 mars 1892.
(2) Cantrel. The Philadelphia polyclini.
(3) Fox. Société Viennoise de Dermatologie 1898.
(4) Sulzer. (Loc. cit.)

Observation XIII. — Fournier (3)

Généralisation d'un zona à un côté du corps.

Femme de 23 ans ayant eu dans les deux ou trois premiers jours de décembre 1894 une éruption de zona occupant la région du sein gauche, précédée pendant deux jours de phénomènes généraux très accusés (fièvre, frissons, état vertigineux, céphalée, nausées, anorexie) et accompagnés de douleurs locales très vives.

Depuis lors, plusieurs poussées éruptives analogues et précédées des mêmes phénomènes généraux, se sont produites à intervalles irréguliers et ont occupé diverses régions du côté gauche; ces poussées se sont succédé pendant les mois de décembre et de janvier, les dernières ne s'accompagnant pas de fièvre.

L'éruption finit par occuper toute la moitié gauche du thorax en avant et en arrière, toute la région de l'abdomen, des lombes et de la hanche du même côté, les deux tiers supérieurs de la cuisse, le membre supérieur au niveau de la face dorsale du premier espace intermétacarpien et du pouce, de la face antérieure du premier espace métacarpien, de l'éminence Thénar et de la face antérieure de l'avant-bras. Dans toutes ces régions, l'éruption est intense, et en quelques points, comme au niveau du sein, devient extrêmement confluente; elle débute par des vésicules ou des bulles aboutissant à former des placards croûtelleux eczématiformes.

Des douleurs névralgiques se reproduisent à plusieurs reprises au niveau du sein.

Peut être s'agit-il ici d'Herpès zoster. Les phénomènes généraux qui précédèrent les attaques feraient pencher à cette croyance ; et nous sommes obligés d'admettre certains cas de récidives dans cette maladie. Mais il ne nous est pas possible d'imaginer quelles circonstances ont pu empêcher l'immunité de la produire.

(1) E. Fournier. *Iconographie de la Salpêtrière*, 1895.

4. — PLACARDS ABERRANTS

Plus intéressante est l'observation de Bradshaw (1).

Ici le zona frontal existait en même temps que le zona intercostal, tous deux du côté gauche du corps, ce dernier occupait le troisième espace intercostal, et gagnait la moitié du bras. Il y eût des altérations de la conjonctive et de la cornée.

C'est un cas très rare que de voir le zona se manifester d'une façon aussi nette et complète sur deux nerfs éloignés et sur deux nerfs seulement. Ici la première branche du trijumeau et le troisième nerf intercostal étaient atteints. Il est commun de voir des vésicules aberrantes mais alors elles siègent un peu au hasard sur presque tout le corps.

Cependant l'observation de Fox (2) dont nous avons déjà dit un mot nous présente encore un placard unique de vésicules à distance.

« En 1898, il présente à la Société Viennoise de dermatologie un petit garçon de neuf mois qui, depuis six jours, présente une éruption typique de zona qui occupe le tiers supérieur de la face interne des deux cuisses. On trouve encore une plaque au milieu du mollet droit. Les vésicules sont saillantes et atteinent le volume d'un pois. Le groupement est tout à fait caractéristique du zona. L'état général est bon, à part quelques vomissements il ne paraît pas souffrir. Les ganglions inguinaux sont intacts. »

Ce zona a donc porté sur le nerf crural, de chaque

(1) BRADSHAW. The Lancet, 1894.
(2) FOX. Loc cit.

côté et sur le sciatique poplite interne du côté droit. Un cas de M. Legendre (1) est voisin du précédent.

« J'ai en ce moment dans mon service, dit-il, une femme qui est entrée pour un zona intercostal droit. Huit jours après l'invasion de celui-ci, qui avait été précédé d'un mouvement fébrile et de vives douleurs, la malade, dont le zona était en pleine dessication, eut une nouvelle ascension thermique et accusa des douleurs dans la région anale et fessière. Peu après, apparaissait à la partie inférieure de la fesse droite un bouquet de vésicules d'herpès et une aréole érythémateuse.

Il y eut ici deux zonas qui évoluèrent sur le même malade à huit jours d'intervalle.

Pour expliquer de telles récidives, nous sommes obligés d'admettre soit qu'une cause inconnue a empêché ici l'immunité de se produire, soit que cette immunité n'est acquise dans le zona qu'à une époque tardive de son évolution.

5. — VÉSICULES ABERRANTES PROPREMENT DITES

Mais nous trouvons bien plus démonstratifs les cas où les éléments éruptifs sont disséminés sur tout le corps.

M. Tenneson (2) a su imposer à tous la croyance à ces éléments à distance auxquels il a donné le nom de vésicules aberrantes. Voici comme il s'exprime :

« Lorsque chez les malades atteints d'un zona aigu typique, on examine chaque jour la surface cutanée toute entière, on constate neuf fois sur dix ce que depuis longtemps dans notre enseignement nous nommons les vésicules aberrantes du zona. Ce sont des vésicules semblables

(1) Legendre. Société Médicale des Hôpitaux, 1898.

(2) Tenneson. *Bulletin de la Société méd. des hôpitaux*, 1898.

à celles du zona, mais isolées, distribuées irrégulièrement à de grandes distances les unes des autres sur toutes les parties du corps. Elles naissent successivement pendant plusieurs jours, sont toujours en très petit nombre et passent inaperçues quand on ne les cherche pas. »

A la définition de M. Tenneson nous ne changerons qu'une chose c'est que les vésicules aberrantes ne sont pas toujours en petit nombre.

C'est ce qui ressortira de certaines observations qui suivent.

Ainsi nous aurons l'observation de M. Brissaud que Boulland (1) a publiée en 1888.

Les quatre observations de Molinié 1895, celle de Haslund 1897.

Les trois de Leredde et Janselme 1898 et les deux de M. Giraudeau 1898.

Nous rappellerons enfin que la quatrième observation de Féré (2) sur les douleurs à distance présente aussi des vésicules aberrantes.

Observation XIV — (Brissaud).

Zona bilatéral et Éruption d'Herpès coïncidant avec un zona(3).

La nommée Gaudry (Adèle), âgée de 46 ans, journalière aux Halles, est entrée à l'Hôtel-Dieu annexe le 14 mai 1888.

Cette femme est d'une vigoureuse constitution, elle est forte, je dirai même grosse. Elle a le teint coloré des gens qui mènent la vie au grand air. Elle n'a jamais fait de maladies graves. Elle eut cependant un érysipèle léger de la face, il y a neuf ans. La malade eut cinq grossesses qui se sont toutes bien terminées, sans accidents, et les cinq enfants sont aujourd'hui en parfaite santé.

(1) Bouland. Zona bilatéral, *Thèse*, Paris 88.

(2) *Soc. Méd. des Hôp.*, 14 oct., 98. Voir page 23.

(3) Zona bilatéral ; Boulland, *Thèse*, Paris, 1880.

La maladie qui a décidé cette femme à entrer à l'hôpital a débuté le samedi 12 mai par une violente douleur dans le côté gauche. Elle n'avait point ressenti de frissons et ne toussait point. Le lendemain, 13 mai, elle s'aperçut qu'elle avait le côté parsemé de plaques rouges, et toute la région intercostale était le siège de vives douleurs.

A son entrée à l'hôpital, le lundi 14 mai, on constate un zona qui occupe les 9e, 10e et 11e espaces intercostaux du côté gauche et dépassant la ligne médiane au niveau de la colonne vertébrale.

En outre, on peut constater la présence de vésicules disséminées sur diverses parties du corps et en particulier sur l'abdomen du côté droit, sur la face antérieure des deux cuisses, sur les seins. Le bras droit est le siège d'une vésicule. De plus, on en trouve encore une au niveau de la commissure labiale du côté gauche. En arrière, il y en a sur le dos à droite et sur les fesses des deux côtés.

La malade n'a jamais eu de fièvre : à aucun moment, elle n'a souffert ailleurs que dans le côté gauche, là où les vésicules étaient très confluentes. Son état général est excellent, l'appétit est bon. Toutes les fonctions s'accomplissent régulièrement. Notre malade n'a jamais eu de mal de gorge, ni rougeur, ni vésicules dans le pharynx.

Toutes les vésicules ont évolué normalement et simultanément. Elles étaient en pleine dessication au bout de trois semaines; la douleur intercostale seule persistait.

Actuellement, 19 juin, on voit encore les traces des vésicules aussi bien au niveau de la région intercostale gauche qu'au niveau des vésicules isolées.

La malade se plaint toujours d'une douleur au côté gauche, douleur qui l'empêche de s'habiller et, en particulier, d'attacher les cordons de ses vêtements.

Observation XV (Molinie) (1).

Vésicules aberrantes

Lebris François, âgé de 24 ans, poseur de rails entre à Saint-Louis le 10 décembre 1894. Aucun antécédent héréditaire

(1) Molinie. Vésicules aberrantes du zona. *Thèse* Paris, 1895.

ou personnel n'est à noter. Les parents sont vivants et se portent bien.

Il y a 15 jours environ, à la suite d'un refroidissement, le malade a constaté l'apparition de trois vésicules d'herpès sur la lèvre inférieure. Il n'a d'ailleurs éprouvé alors ni fièvre, ni symptômes généraux.

Il y a 8 jours, il a commencé à se plaindre de douleurs lancinantes dans la moitié gauche du cou, vers la nuque. Ces douleurs se sont manifestées, avant tout accident cutané, et c'est seulement quatre jours après que le malade a constaté l'éruption

Le jeudi soir, en effet, apparaît sur la nuque, à gauche de la ligne médiane, un large placard rouge. Au bout d'un temps très court, les vésicules se sont développées. Le vendredi, l'éruption gagne vers le cuir chevelu : le samedi, elle envahit d'abord toute la moitié gauche de la région cervicale, puis la partie supérieure de la même moitié du thorax.

Hier dimanche, et aujourd'hui, l'éruption s'est encore un peu étendue, tout en conservant les caractères que nous avons signalés.

Dès le début, par suite de la rupture des vésicules, l'éruption a été très suintante.

Lundi 10 décembre. L'état actuel est le suivant : un vaste placard éruptif occupe la moitié gauche de la nuque, la partie voisine du thorax à gauche de la ligne médiane, et la partie inférieure et postérieure du cuir chevelu dans la moitié correspondante.

Toute la partie latérale gauche du cou et le moignon de l'épaule gauche, la partie inférieure et postérieure de la joue gauche de même que la partie antérieure du cou, sont le siège d'une éruption confluente qui dans les régions sus et sous hyoïdienne dépasse un peu la ligne médiane.

En somme, les placards éruptifs débordent en arrière la ligne des apophyses épineuses et dépassent en avant la ligne médiane De haut en bas, la hauteur de la lésion est de 35 centimètres environ.

(Nous ne suivrons pas M. Molinie dans l'analyse détaillée de chacune des parties de cette éruption faite de vésicopustules recouvertes de croûtes, sur une base érythémateuse. Les éléments en sont plus jeunes sur le moignon de l'Epaule.).

Ainsi le malade est atteint d'un vaste zona qui a envahi

toute la sphère de distribution du plexus cervical superficiel.

Il y a de la douleur qui la nuit, par le repos, se calme et est remplacée par du prurit qui pousse le malade à se gratter.

Vésicules aberrantes. — En examinant le malade avec soin, nous sommes frappé par l'existence de vésicules disséminées sur le corps. Sur la face antérieure du thorax et de l'abdomen, nous voyons dispersées sans aucun ordre, apparent du moins, quatre ou cinq vésicules qui présentent les caractères suivants :

Elles paraissent, les unes en voie de développement, les autres en voie de dessication. Les premières ont un pourtour assez régulièrement circulaire une surface lisse, elles sont, non pas complètement hémisphériques, mais plutôt déprimées en leur centre sans qu'il y ait d'ombilication à proprement parler. Leur contenu est clair, transparent. Le volume de ces vésicules est à peu près celui d'un grain de millet, la plus grosse est comme un grain de chennevis. Toutes sont entourées d'une petite aréole rouge.

Sur le dos, nous trouvons, disséminées également, à la partie inférieure de la région dorsale et à la région lombaire, des éléments semblables aux précédents. A gauche de la ligne médiane, il y a cinq vésicules absolument identiques à celles de la face antérieure du tronc. Nous nous croyons donc autorisé à considérer l'ensemble de toutes ces vésicules isolées, comme étant de même nature, développées toutes, sous l'influence de la même cause.

Le développement des dernières ne s'est accompagné d'aucune douleur proprement dite, le malade se plaint seulement d'éprouver des démangeaisons sur tout le corps, mais ne peut localiser le point de départ de ces sensations. La pression sur chacune de ces vésicules détermine une légère sensation de brûlure.

La première observation de M. Molinie ne présente plus rien d'intéressant. Ces vésicules, encore très visibles le 18 décembre disparurent le 21 avec la guérison de la maladie. Il y eut donc ici quatre vésicules aberrantes sur la face antérieure du tronc et huit sur la face postérieure. Un élément enlève à ce cas un peu de sa valeur démonstrative, l'auteur en convient lui-même sans que sa conviction en soit pourtant ébranlée: c'est qu'il y eut des inoculations secondaires qui se manifestèrent par de l'ecthyma.

Les vésicules aberrantes avaient des caractères qui ne pouvaient permettre qu'on les prenne pour des accidents d'inoculation.

Observation XVI (2° Molinie).

Humas François, employé de commerce, âgé de 57 ans, vient de la consultation de l'hôpital Saint-Louis, le 7 janvier 1894.

Cet homme a eu une pneumonie, il y a 7 ans et l'an dernier, une bronchite intense qui a duré plusieurs semaines. Il n'a jamais eu d'hémoptysie ni de pleurésie et ne connaît pas de tuberculeux dans sa famille.

L'affection actuelle a commencé à la fois, raconte le malade, par des douleurs sur le cou et des boutons sur la même région. Le premier bouton s'est montré sur la nuque, d'autres se sont rapidement développés tout autour. Puis en des points divers de la partie droite du cou, des plaques éruptives se sont montrées. En trois jours, l'éruption avait atteint le développement qu'elle présente aujourd'hui. Ces phénomènes se sont accompagnés de douleurs vives que le malade compare à des brûlures, à une cuisson presque continuelle. En même temps, Humas François a éprouvé une violente céphalalgie, mais il n'a pas eu de fièvre, car l'état général est resté bon malgré l'insomnie. Il a continué à manger de bon appétit, il n'a eu aucun symptôme gastro-intestinal et la soif est restée très modérée.

Le malade n'a jamais eu aucune éruption de ce genre.

Le 7 janvier, toute la région à laquelle se distribuent les branches superficielles du plexus cervical droit sont envahies par l'éruption. Celle-ci forme un vaste placard rouge, qui, de la racine des cheveux en arrière, se porte en avant jusqu'au voisinage de l'angle du maxillaire inférieur. Ce placard remonte en haut et en avant jusqu'auprès de l'oreille et descend en bas jusqu'à l'extrémité inférieure du cou. Dans toute cette étendue on ne voit que quelques ilots de peau saine et blanche de petites dimensions.

Autour de cette vaste nappe érythémateuse on trouve, disséminés sur les téguments normaux, de petits espaces érythémateux très irrégulièrement limités, présentant une éruption de vésicules d'herpès. Sur toute l'étendue de ces altérations cutanées on voit de très nombreuses vésicules.

En haut, quelques groupes d'éléments remontent jusqu'au vertex, où ils sont très faciles à voir par suite de la calvitie du malade. Par le toucher, on sent facilement d'autres groupes de vésicules disséminées sur la partie postérieure et droite du cuir chevelu, cachées par les cheveux, ces vésicules ne sont perceptibles qu'au toucher, la vue ne décèle nullement leur existence.

Sur la nuque, au voisinage de la ligne médiane, de nombreuses excoriations abondamment suintantes, qui agglomèrent les cheveux, les rendent adhérents entre eux. En d'autres points de la nuque, sur ce même fond rouge, on voit des vésicules desséchées, transformées en croûtes, les unes épaisses brunâtres, les autres minces et jaunâtres. Ces croûtes sont petites, les plus larges n'ont pas plus d'un centimètre de diamètre.

A côté, disséminées, on voit des vésicules encore pleines de liquide, les unes isolées, très petites, miliaires ; les autres un peu plus larges et atteignant les dimensions d'un grain de chenevis, dont la surface est aplatie, mais dont le centre n'est pas ombiliqué.

La plupart de ces vésicules sont confluentes et forment ainsi des soulèvements épidermiques blancs, aplatis, larges, atteignant le diamètre d'une pièce de cinquante centimes.

Dans la région dorsale, l'éruption ne descend pas au-dessous de l'épine de l'omoplate et ne dépasse pas la ligne médiane. On voit un très petit groupe près de l'apophyse épineuse de la première vertèbre dorsale. Ce groupe est formé d'une vingtaine de vésicules, très rapprochées les unes des autres et toutes de la même période de leur évolution, plates, remplies d'un liquide blanc jaunâtre. A leur base, ces derniers éléments, très voisins les uns des autres sont pourtant séparés entre eux par de minces espaces de peau rouge vif qui tranchent nettement sur la coloration blanche de ces vésicules.

Plus en dehors, on voit plusieurs autres groupes de vésicules qui ont en moyenne les dimensions d'une pièce de deux francs, mais d'une forme très irrégulière. On voit, au centre de quelques-uns des placards éruptifs des croûtes plates brunâtres, qui semblent indiquer un certain degré de nécrose des parties les plus superficielles des téguments.

Sur le cou, les vésicules sont très rapprochées, et forment des plaques assez larges formées chacune d'un nombre assez considérable d'éléments, puisque ce nombre varie de 25 à 50.

D'autres placards éruptifs et des vésicules isolées se voient aussi sur le moignon de l'épaule mais le voisinage de l'insertion inférieur du deltoïde n'est pas dépassé.

Sur la poitrine, des groupes nombreux et de dimensions variées se voient sur toute la partie située au-dessous du troisième espace intercostal, c'est-à-dire jusqu'au milieu de l'intervalle séparant les clavicules du mamelon.

Les symptômes fonctionnels qui accompagnent cette éruption zostérienne sont les suivants : Douleur assez vive par instants, présentant les caractères d'une brûlure à certains moments augmentée par des sensations d'élancement.

Les mouvements du cou sont presque impossibles, les plissements et les tractions de la peau durant les mouvements, (flexion, extension, rotation à droite ou à gauche), augmentent à tel point les souffrances du malade que les muscles de la région cervicale se contractent énergiquement.

Les troubles de la sensibilité sont ceux qu'on observe dans la plupart des lésions inflammatoires de la peau : tout contact donne lieu à une sensation douloureuse.

Vésicules aberrantes. — Dans la région dorsale et dans la région lombaire, on voit une vingtaine de vésicules disséminées sans aucun ordre apparent. Chaque élément est isolé et séparé par un large espace de peau saine de la lésion la plus voisine. Ces lésions existent des deux côtés en nombre à peu près égal, Ce sont de petites vésicules à sommet un peu aplati sans être pourtant ombiliqué; quelques-unes ont une surface lisse ; d'autres sont un peu flétries et forment une coloration jaunâtre. Autour de chacune de ces vésicules, il est facile de constater une aréole érythémateuse de deux millimètres et demie à trois millimètres de largeur.

Au-dessous et en arrière de l'aisselle gauche, on voit encore une autre vésicule isolée ; au-dessous du sein gauche nous en voyons une autre. Un élément absolument typique se trouve sur la hanche droite, la vésicule a à peu près deux millimètres de diamètre ; elle est pleine d'un liquide translucide, elle a une coloration un peu nacrée, elle est entourée d'une aréole assez large ne faisant aucune saillie.

Un peu au-dessus du pubis on aperçoit encore une vésicule et une autre se voit encore située à gauche de la ligne médiane, un élément semblable se retrouve dans le pli de l'aine gauche. Deux vésicules se montrent sur la cuisse droite. L'une sur la face postérieure vers la partie moyenne, l'autre à peu près de la même hauteur sur la face interne.

Les organes génitaux sont absolument indemnes.

Le 11 Janvier. — Sur la moitié droite du thorax, les vésicules sont disposées ou isolées par groupes de telle façon qu'elles forment des arcs de cercle concentriques, irréguliers à concavité postérieure et supérieure.

Quelques groupes s'avancent un peu à gauche de la ligne médiane.

De même au cou, la ligne blanche est dépassée de plusieurs centimètres. Les vésicules isolées remontent jusqu'au voisinage de l'os hyoïde. Sur la face on en trouve au niveau de la partie postérieure de la joue, dans la partie qui correspond à la branche montante du maxillaire inférieur.

Le 16 janvier. — Les lésions sont en voie de guérison. Les vésicules du cou se sont desséchées avec une très grande rapidité, sous l'influence d'un pansement protecteur composé de poudre d'amidon recouverte de ouate. On voit encore, disséminées, de nombreuses croûtes sèches.

Pourtant sur la partie postérieure de la nuque on peut voir encore des ulcérations qui persistent, d'ailleurs en bonne voie de cicatrisation. Le malade n'éprouve plus dans la région cervicale aucune douleur spontanée. Les troubles de la sensibilité sont les suivants. En piquant avec un compas à pointes assez fines, successivement la moitié droite de la région cervicale et la moitié gauche de cette région, nous voyons qu'il faut donner aux pointes un écartement bien plus considérable à droite, pour que le malade ait deux sensations distinctes. La sensibilité à la douleur est plus vive du côté droit, où siégeait le zona.

Les vésicules aberrantes sont en voie de disparition: quelques-unes sont transformées en croûtelles adhérentes ou se détachent facilement ; dans ce dernier cas, on trouve, au-dessous la cicatrisation terminée. D'autres n'ont laissé, comme trace de leur passage qu'une simple macule violette, un peu desquamante à sa périphérie. D'autres encore ont laissé une légère dépression blanchâtre au centre, violacée à la périphérie. Quelques-unes ne laissent pas de trace sensible.

Le 18 janvier. — La moitié droite du cou reste encore rouge et desquamée, mais les ulcérations sont complètement cicatrisées et c'est à peine si le malade éprouve une légère sensation de gêne dans les divers mouvements.

Observation XVII (Molinie) (1)

Andrieux Louis, 23 ans, employé de commerce vient à la consultation de Saint-Louis le 3 novembre 1894.

Jeudi dernier, en allant à la selle, il a éprouvé « au fondement » une sensation de cuisson assez douloureuse, et en même temps il a senti près de l'anus, quelques petits boutons très douloureux au toucher. Il a fort bien dormi la nuit suivante : mais le vendredi d'autres boutons analogues se sont développés dans la région périnéale au voisinage des précédents ; la douleur a augmenté un peu durant cette journée ; la marche est devenue assez pénible pour qu'il se soit vu obligé de suspendre son travail habituel.

Le samedi, d'autres boutons apparaissent sur le côté droit de la verge et du scrotum ; les douleurs sont devenues tellement intenses, cuisantes et lancinantes que le malade n'a pu dormir pendant la nuit du samedi au dimanche. Le dimanche les douleurs ont conservé la même intensité mais les lésions locales n'ont pas paru augmenter d'étendue.

Le malade a pu suivre pas à pas le développement des lésions de la verge et voici ce qu'il raconte ; ces lésions ont débuté sous la forme d'un placard rouge, unilatéral, étendu d'une extrémité à l'autre de l'organe. Après 24 heures environ, des vésicules se sont développées par groupes, en même temps que la rougeur diminuait d'étendue pour former des sortes d'aréoles autour de chaque groupement de vésicules et dans l'intervalle de celles-ci.

Dès le samedi, ce jeune homme a éprouvé dans l'aine droite une sensation de gêne et en palpant cette région, il a nettement senti là « des glandes » peu douloureuses spontanément et au repos, mais occasionnant une grande fatigue durant la marche, et douloureuses au toucher.

La maladie ainsi décrite, passons de suite aux vésicules aberrantes. Sur le tronc, nous trouvons à trois travers de doigt au-dessous de l'ombilic une vésicule parfaitement nette, située immédiatement à droite de la ligne médiane ; cette vésicule est blanchâtre, ronde ; sa surface est aplatie et sa base est entourée d'une petite zone érythémateuse. Elle a un millimètre de diamètre et son aréole mesure un diamètre total de trois millimètres.

Sur la face antérieure du thorax on voit deux vésicules à droite, l'une plus petite au-dessous du mamelon, l'autre plus grande et au-dessus ; à gauche, nous en trouvons également deux, assez larges, avec une aréole de dimensions particulièrement agrandies, qui siègent dans la région sous-claviculaire.

Sur la face dorsale du tronc, il n'y a pas de vésicules.

Aux membres supérieurs, nous faisons les constatations suivantes : sur la face antérieure de l'avant bras droit, a trois centimètres au-dessous du pli du coude, et près de l'épitrochlée, une vésicule très nette de forme irrégulière, large de un millimètre, longue de deux millimètres, apparaît. Elle n'est peut-être que le résultat de la confluence de deux vésicules différentes au début. Sur l'avant bras gauche, on voit encore une vésicule, mais difficilement reconnaissable, parce que le malade, en se grattant, l'a déchirée.

Les membres inférieurs nous présentent aussi des lésions de même ordre, car à l'union du 1/3 inférieur avec le 1/3 moyen de la face externe de la jambe droite, il est facile de remarquer une vésicule isolée de un millimètre de diamètre centrée par un poil, entourée d'un mince cercle érythémateux. La vésicule est blanche, nacrée, remplie d'un liquide incolore.

Les muqueuses sont absolument indemnes.

Huit jours après, nous revoyons le malade, le zona est presque guéri, il ne reste plus que quelques croûtes et des macules cicatricielles. L'adénopathie inguinale n'existe pour ainsi dire plus.

Observation XVIII (Molinie)

Froment G..., âgé de 43 ans, sculpteur, vient à la consultation de Saint-Louis le 11 octobre 1894.

Ce malade présente des troubles cérébraux caractérisés par une certaine gêne de la parole qui est lente et scandée, par la mémoire plus qu'ingrate ; et de plus, il paraît présenter un certain degré de manie des grandeurs. Les pupilles rétrécies sont un peu inégales.

Le début de la présente affection remonte à 4 ou 5 jours environ.

Le malade présente l'éruption suivante : à l'union du tiers inférieur avec le tiers moyen de la moitié droite du thorax on voit un large zona étendu en une bande horizontale et qui forme au corps une demi ceinture partant du voisinage de la ligne des apophyses épineuses pour aboutir aux environs de l'appendice xyphoïde du sternum. Cette bande ne suit nullement l'espace intercostal ; elle croise même plusieurs espaces dans son trajet. En effet, elle nait en arrière, un peu à gauche de la ligne médiane au niveau des apophyses des huitième et neuvième vertèbres dorsales et de là se porte en avant et un peu en bas en contournant la paroi thoracique : elle forme avec l'horizontale un angle d'une dizaine de degrés et vient se terminer en avant au voisinage de l'appendice xyphoïde. Ainsi, dans sa partie postérieure, elle correspond aux septième et huitième espaces intercostaux ; au niveau du mamelon aux cinquième et sixième.

L'éruption est formée de placards de dimensions extrêmement variables, les grands sont confluents, les petits disséminés à la périphérie des premiers sont, les uns isolés, distincts, quelques autres pourtant sont confluents. Sur un fond rouge vif constitué par des placards érythémateux, qui font une très légère saillie, à peine appréciable et sans limites nettes, se dessinent les vésicules caractéristiques. Elles sont très nombreuses, les unes extrêmement petites, à peine visibles à l'œil nu, d'autres ont la grosseur d'un grain de millet ; les plus volumineuses, celle d'un grain de chenevis. Leur centre est aplati ou déprimé. On en voit un certain nombre qui par leur confluence forment des soulèvements épidermiques assez étendus puisqu'ils atteignent un centimètre et demi à deux centimètres de diamètre.

Quelques-uns de ces larges soulèvements épidermiques ont une coloration violacée, brunâtre, ce qui est dû à ce que leur contenu est hémorrhagique.

Vésicules aberrantes. — Dans le creux de l'aisselle droite, une vésicule large comme un grain de chenevis, blanche, nacrée, à surface lisse un peu aplatie est entourée d'une aréole érythémateuse dont le diamètre est de six millimètres.

Sur la moitié gauche de la face dorsale du tronc, vers sa partie supérieure nous constatons une vingtaine de vésicules très petites, isolées, en voie de développement ; et de plus, sur le côté droit quelques macules rouges à peine saillantes.

Tout près de la fesse droite et un peu au-dessus d'elle, une vésicule complètement développée est très voisine d'une autre non moins nette qui est survenue dans la région sacrée.

Sur la face antérieure du thorax, nous trouvons trois ou quatre vésicules à gauche de la ligne médiane.

L'examen du thorax ne nous montre chez ce malade aucun indice de tuberculose pulmonaire, et malgré les troubles cérébraux, il paraît jouir d'un assez bon état général. Aucune altération fonctionnelle n'est à noter du côté de la moelle.

Les troubles sensitifs qui accompagnent l'éruption, consistent uniquement en douleurs spontanées, modérées, mais que toute pression, ou même tout contact exagèrent considérablement.

Le 15, un certain nombre de vésicules intercostales sont transformées en croutes sèches, brun noirâtre. Par points, l'éruption est à peu près guérie. Un peu au-dessous de la partie moyenne de la crête iliaque droite, nous trouvons une nouvelle vésicule ; elle n'existait pas lors de notre premier examen. Dans un point à peu près symétrique, à gauche, nous trouvons une vésicule semblable. Outre ces vésicules nouvellement apparues, nous retrouvons facilement les traces de celles qui existaient antérieurement.

Le 16, de nouvelles vésicules aberrantes se sont encore développées ; nous en trouvons deux, distantes l'une de l'autre de un centimètre. Elles sont situées sur la face interne du bras droit. Au pli du coude, il en existe une toute récente, et une autre, de même âge sur la face postérieure de l'avant-bras, vers la saillie olécranienne. Sur les téguments qui tapissent la face antérieure du muscle grand pectoral gauche, nous remarquons encore deux vésicules qui n'existaient pas hier.

Le cou et la tête sont complètement indemmes. Toutes ces vésicules sont disposées sans aucun ordre, bien qu'il y ait peut-être une certaine symétrie dans la disposition de quelques-unes, elle n'affectent aucun rapport évident avec le trajet des filets nerveux.

Le 21, le malade est à peu près guéri de son zona intercostal, il ne reste plus que la rougeur, un peu de desquamation, et d'assez nombreuses cicatrices déprimées, violacées. Les vésicules aberrantes ont pour la plupart entièrement disparu. Quelques-unes pourtant persistent encore sous forme de croûtes.

A aucun moment nous n'avons pu, chez ce malade, constater le moindre engorgement des ganglions axillaires.

Il n'y a plus rien d'important dans cette observation, le malade quitte l'hôpital le 22, en très bonne voie de guérison.

Oservation XIX (Halslund) (1)

L'observation de Halslund, rapporte un cas de zona dorso-abdominal, chez une femme de 59 ans, chez laquelle il existait sur toutes les régions de la peau un grand nombre de vésicules d'herpès isolées ; de date un peu plus fraîche que les vésicules de la région principalement atteinte. En même temps, il y eut des vésicules sur la muqueuse du palais et sur la langue.

Observation XX Leredde et Janselme (2)

Vésicules aberrantes

Serre Henri, 16 ans, mouleur en cuivre.

18 juillet. Depuis 3 jours, cet enfant souffrait de douleurs vagues, à l'occasion des mouvements, dans la région sus-claviculaire gauche, et en se frottant. s'est aperçu de l'existence d'une éruption.

En deshabillant l'enfant, on constate l'existence d'un zona cervical gauche, tout à fait caractéristique, formé de plaques rosées, couronnées de bouquets de vésicules cohérentes. Ce zona occupe la région supérieure de l'omoplate en arrière, les régions claviculaire et pectorale en avant et sur le bras.

A la face postérieure du tronc, on voit une première plaque située à quatre travers de doigt de la première vertèbre dorsale, à la partie interne de la fosse sus épineuse gauche.

Cette plaque est obliquement allongée vers le moignon de l'épaule. Une deuxième plaque allongée aussi, mais à grand diamètre horizontal, est situé à cheval sur la partie externe de l'épine de l'omoplate. Les vésicules qui recouvrent la première plaque ont un contenu citrin ou blanchâtre, celles de la deuxième sont remplies d'un liquide séro-sanguinolent, et la plaque a un aspect hémorrhagique.

Au-dessous et au dehors de cette plaque, on trouve un groupe de quelques vésicules écartées les unes des autres, fermes, à peine saillantes, d'une couleur franchement rosée.

Sur la moitié gauche du tronc, on constate :

1°. Un bouquet situé à la partie externe de la clavicule, formé de vésicules cohérentes, dont quelques-unes hémorrhagiques.

(1) Halslund, *Nordikst Mediaskt, Arkiv.*, 1897.

(2) Leredde et Janselme, *Bulletin de la Soc. méd. des Hôpitaux*, 1898.

2° Un très petit bouquet formé de trois ou quatre vésicules très claires à un travers de doigt au-dessus de l'angle trachéo thoracique.

3° Un placard formé de vésicules déterminées sur la face autéro-externe du bras gauche.

On constate encore sur ce bras, à sa face postérieure, deux vésicules isolées, l'une à quatre travers de doigt au-dessus de l'olécrane, l'autre à deux travers de doigt au-dessous, formées de vésicules claires cerclées d'une fine aréole rosée, une vésicule semblable se trouve à la partie moyenne de la face externe du bras.

Il n'existe aucune douleur spontanée ou provoquée dans le bras gauche et le côté correspondant du cou.

Au niveau des plaques et des vésicules du zona, on ne constate aucun trouble de sensibilité, tout au plus un peu d'hypéresthésie sur les bords du placard de la fosse sus épineuse.

Mais en examinant complètement l'enfant, on est surpris de constater l'existence de vésicules disséminées sur le tronc, tant du côté droit que du côté gauche; parmi ces éléments, les uns ont une couleur rosée et sont peu saillants, les autres font une saillie bien nette et sont remplis d'un liquide clair.

Nous noterons du côté gauche; une vésicule citrine au niveau de l'angle inférieur de l'omoplate.

Une vésicule tendue, saillante, à la partie externe de la région lombaire.

Une troisième, sur la ligne horizontale passant par l'ombilic, à trois travers de doigt de celui-ci.

Du côté droit, une vésicule au niveau du bord externe du grand droit abdominal, à deux travers de doigt au-dessous des fausses-côtes. Une seconde, voisine de l'angle trachéothoracique, symétrique par rapport au petit placard qui existe du côté gauche. Une autre au-dessous et en dehors du mamelon.

Mais les vésicules aberrantes sont surtout nombreuses à la face postérieure du tronc. Un groupe de trois vésicules cohérentes se voit à un travers de doigt de la neuvième vertèbre dorsale, une vésicule est située au-dessus de la fesse droite, deux à la partie postérieure de la fosse sus-épineuse, enfin deux sur la face postérieure du bras droit, l'une au-dessus de l'insertion du deltoïde sur l'humérus, l'œuvre au-dessous. Il n'existe pas de troubles de la sensibilité au niveau de ces vésicules.

Nous n'avons pu avoir de renseignements précis sur les antécédents personnels et héréditaires de notre malade. Sa santé était bonne, il n'a eu ni angine, ni phénomènes gastriques : le 14 juillet, il a dansé toute la soirée, sans se griser, dit-il. Depuis, il présente un enrouement persistant.

On constate du strabisme interne à gauche. L'enfant offre un faciès d'adénoïdien, les lèvres sont grosses, le maxillaire est allongé, les dents petites et écartées mais bonnes. Les amygdales ne sont pas volumineuses mais au contraire opalines et atrophiées.

L'enfant ne tousse pas. Les ganglions lymphatiques du cou sont tuméfiés des deux côtés, durs roulant sous le doigt, surtout en arrière et latéralement. Dans les fosses axillaires on constate des masses ganglionnaires qui ont à gauche le volume d'une noix et à droite, celui d'une grosse noisette. Les ganglions ne sont pas douloureux. Il n'existe pas d'adénopathie épitrochléenne. On note une micropolyadénopathie inguinale des deux côtés.

2 juillet. Aucun élément nouveau n'est apparu. Tous ceux qui ont été relevés le 18 se retrouvent, mais à une période d'évolution plus avancée. Les vésicules de la plaque qui se trouve au niveau de l'épine scapulaire sont desséchées, remplacées par des croûtes hémorrhagiques qui dépriment la surface de la peau. L'état général reste excellent, mais l'enrouement persiste.

Observation XXI. (Leredde et Janselme).

Lebl..., pâtissier, âgé de 69 ans, entre le 18 juillet 98 à l'hôpital Saint-Louis, pour un zona dorso-pectoral.

Dans la journée du 13 juillet, vive cuisson sur la région latérale droite du thorax ; le malade y reconnut une éruption. Dans la nuit du 13 au 14, sortit une nouvelle poussée, dessinant une large bande sur toute la face interne du membre supérieur droit, jusqu'au voisinage du poignet.

En même temps que l'éruption, le malade ressentit des douleurs fort vives siégeant à la partie postérieure du moignon de l'épaule ; le frôlement des draps, le frottement de l'oreiller étaient intolérables. Depuis lors, ces douleurs ont persisté et ont été la cause d'insomnies prolongées.

Depuis l'éruption, le malade a eu un léger mouvement fébrile, de l'agitation, et même un peu de délire.

Etat actuel le 19 juillet 1898. Zona typique occupant le côté droit du thorax et la face interne du membre correspondant. L'éruption ne déborde pas en dedans la ligne médiane du sternum. Elle est constituée par des groupes de vésicules citrines, bien pleines reposant sur une base érythémateuse. Cette plaque pectorale est orientée horizontalement et située à trois ou quatre travers de doigt environ, au-dessus du mamelon. En dehors, cette plaque ne déborde pas la ligne mamelonnaire verticale.

L'éruption recommence sur le bord antérieur de l'aisselle. A ce niveau elle est représentée par un petit groupe de vésicules coalescentes ecchymotiques. De petits groupes éruptifs sont disséminés dans le creux axillaire. De nombreux amas recouvrent toute la face antérieure du bras et de l'avant-bras. Les derniers éléments sont situés à deux travers de doigt au-dessus du poignet.

D'une manière générale l'éruption occupe les territoires métamériques de la première et de la deuxième paire dorsales. Mais il y a quelques éléments aberrants, ainsi quelques petits groupes occupent la face postérieure du bras droit.

Mais ce qui fait l'intérêt de cette observation, c'est que de nombreux éléments sont situés à très grande distance des plaques de zona soit sur le côté qui lui correspond soit sur le côté opposé. Ils occupent surtout les régions inférieures et latérales du thorax, ainsi que les flancs et la région des hanches. La plupart de ces éléments sont de simples macules érythémateuses un peu surélevées; mais quelques-unes sont surmontées d'un soulèvement vésiculeux; d'autres portent une petite croûte vestige d'une vésicule excoriée.

Les ganglions de l'aisselle droite sont volumineux, mobiles et très douloureux à la palpation. Il en est de même du ganglion épitrochléen. Les ganglions du membre supérieur gauche ne sont pas perceptibles. Les ganglions de la partie cervicale droite sont plus volumineux que ceux du côté gauche.

Au niveau du zona, dans les régions du moignon de l'épaule et de l'omoplate, il n'y a pas de trouble des sensibilités tactile, douloureuse et thermique.

Actuellement, le malade n'a pas de fièvre ; l'appétit qui avait un moment disparu est revenu. Pas de sucre, mais un peu d'albumine dans les urines.

Observation XXII (Leredde et Janselme) (1)

Sol... Eugène, âgé de 42 ans, forain.

Le mercredi, 6 juillet, ce malade ressent, au réveil, une douleur assez vive dans le moignon de l'épaule *droite*. Jusqu'au vendredi soir la souffrance reste supportable, puis elle subit une recrudescence très accentuée. La femme du malade constate alors une plaque rouge qu'elle frictionne avec du baume opodeldoch. Il y avait certainement de l'hyperesthésie, car la friction fut très douloureuse. Néanmoins l'insomnie ne fut pas complète.

Le lendemain, 9 juillet, apparition d'une éruption sur la face postérieure du moignon de l'épaule droite. Une seconde poussée éruptive s'est produite le mardi 12 juillet, elle occupe la partie antérieure et droite du thorax, quant à l'éruption, située sur la partie latérale du thorax et qui relie les plaques antérieure et postérieure, elle daterait seulement du mercredi 13. Les douleurs étaient encore très vives ce dernier jour ; depuis elles se sont calmées et le malade dort bien la nuit.

Etat actuel (16 juillet 1898) : Vaste zona thoracique commençant en arrière à la hauteur de la 5e apophyse épineuse dorsale et descendant jusqu'à la 7e. Elle dessine une large bande de 4 travers de doigts de hauteur, qui se porte obliquement en bas et en dehors de sorte que le bord inférieur est au niveau de l'angle inférieur de l'omoplate. Une traînée se détache de la plaque principale, suit le bord postérieur de l'aisselle et descend sur le bord postéro-interne du bras dans une étendue de 4 à 5 centimètres.

Cette plaque postérieure est d'un rouge vif, elle est hérissée de nombreuses vésicules, contenant un liquide séro-purulent.

Beaucoup de ces éléments ont le diamètre d'un grain de millet à un grain de chénevis. En beaucoup de points, il sont coalescents de manière à former des placards, de l'étendue d'une pièce de cinquante centimes à une pièce de un franc. Leur contour est toujours extrêmement déchiqueté et capricieux. Plusieurs bulles ont une coloration brun-violâtre qui paraît dûe à des ex-traversats sanguins.

Autour de la grande plaque, il y a de nombreux éléments

(1) *Loc cit.*

aberrants et même des groupes constitués par cinq à dix bulles cohérentes.

Sur la paroi thoracique de l'aisselle ,il existe un petit groupe n'ayant pas plus de quatre centimètres de diamètre. C'est une plaque hérissée de nombreux vésicules à contenu à peine louche.

Il existe un assez grand nombre de vésicules aberrantes sur la peau de l'aisselle.

En avant, l'éruption est plus discrète qu'en arrière, elle est constituée par une série de plaques érythémateuses, déposées horizontalement à la suite les unes des autres, en série à peu près linéaire et recouvertes de vésicules de zona.

L'ensemble de ces placards est situé à environ deux travers de doigt au-dessus du mamelon droit. Le groupe le plus interne atteint la ligne médiane mais ne la dépasse pas.

Ce qui est tout à fait anormal dans ce cas, c'est le grand nombre de vésicules aberrantes.

Sur le côté droit du thorax, il y en a de très nombreuses, situées à une grande distance des plaques éruptives. Ainsi on en voit à la partie externe de la clavicule et sur le bord antérieur du trapèze; sur la région cervicale et dans la fosse sus-claviculaire, on compte une dizaine de vésicules de zona tout à fait typiques sur les régions dorsale, lombaire, fessière, trochantérienne et abdominale du côté droit. Une vésicule est située sur la face interne du tibia, un peu au-dessous du plateau tibial. Deux bulles sont dissimulées dans le cuir chevelu.

Du reste, le côté gauche du corps n'est pas épargné. Il existe des vésicules isolées, les unes contenant encore un liquide clair, les autres déjà suppurées. Elles sont répandues sur la paroi thoracique, le moignon de l'épaule, le bras et l'avant-bras, la région fessière, la face antérieure de la cuisse. Nous comptons facilement une trentaine de vésicules sur le côté gauche. Cette éruption sort par poussées successives, et nous avons sous les yeux une vésicule bien pleine et limpide qui date de la nuit dernière.

Nous insistons sur ce fait que les vésicules aberrantes ont l'aspect objectif du zona et sont identiques à celles qui sont groupées sur les placards du côté droit.

La sensibilité au froid est complètement abolie sur les plaques érythémateuses qui servent de base aux vésicules du zona et sur les portions de peau saine intermédiaire.

En dehors des plaques érythémateuses, sur une bordure

d'un centimètre et demi environ, la sensibilité est moins bien perçue que sur le reste du corps.

Pour la chaleur, même constatation : très grande diminution de la sensibilité thermique sur les placards de zona et sur les portions de peau intercalaire.

La sensibilité tactile proprement dite est complètement abolie sur la plaque postérieure et très diminuée sur les plaques antérieures. L'analgésie est absolue sur le zona à sa partie postérieure : une piqûre profonde ne donne qu'une simple sensation de contact. Sur les plaques antérieures, la sensibilité douloureuse est simplement diminuée. Il n'y a pas d'analgésie au pourtour des vésicules aberrantes disséminées sur le côté droit ou sur le côté gauche du corps.

L'éruption a été accompagnée de quelques phénomènes généraux. Le malade avait perdu l'appétit et ressentait une courbature généralisée. Les urines contiennent un peu d'albumine. La température n'a pas dépassé 37°6. Elle est redescendue à 36°2 actuellement.

Le 15 juillet, jour de l'entrée, une inoculation est faite au bras droit du malade avec le contenu d'une vésicule située sur une des plaques antérieures du zona, une seconde inoculation est faite au bras gauche avec le contenu d'une vésicule aberrante occupant le côté gauche du corps.

Le 18 juillet, trois jours après les inoculations, on n'observe aucune réaction inflammatoire du niveau des piqûres.

Observation XXIII (Giraudeau) (1)

Vésicules aberrantes

A..., 27 ans entrée à Necker en août 1895 se plaignant de douleurs vives dans le côté droit. La pression au niveau des cinquième et sixième espaces intercostaux est douloureuse mais ce sont surtout les douleurs spontanées revenant sous forme d'accès vespéraux qui sont pénibles pour le malade. Elles existent depuis deux jours environ et s'accompagnent d'une légère élévation de température le soir 38°, 38°3, langue sale, constipation, inappétence. Rien à l'auscultation. Pas de toux, pas d'expectoration. Traitement, sulfate de quinine 0 gr. 50, un purgatif salin.

(1) Giraudeau. *Société. Méd. des hôpitaux*, 29 juillet 1898.

Le lendemain matin, apparition sur les parties latérales du tronc, de trois larges placards rouges, présentant ça et là de petites vésicules transparentes.

Cette éruption alla en augmentant pendant deux ou trois jours ; au bout de ce temps, elle était constituée par des groupes de petites papules par de petites vésicules transparentes, et surtout par des véritables bulles dûes à la confluence de plusieurs vésicules et remplies d'un liquide hémorrhagique.

Les douleurs persistaient, aussi vives qu'au début et le malaise général était le même.

En même temps que cette éruption zostériforme se faisait sur le tronc, on pouvait constater sur tout le corps et en particulier sur la face antérieure de la cuisse droite, la face externe du bras droit, la face postérieure de l'avant-bras gauche et la fesse gauche, l'existence d'éléments disséminés, rappelant de tous points celle des plaques de zona.

La plupart étaient représentés par des papules présentant à leur sommet une minuscule croûtelle noirâtre, trace évidente de la rupture d'une petite vésicule : certaines papules même ne présentaient à leur surface aucune trace de vésicule excoriée ; en revanche, trois ou quatre vésicules avaient les dimensions de près d'un centimètre, légèrement excoriées au centre renfermant de la sérosité hémorrhagique et entourées d'une auréole rouge. Ces vésicules erratiques subirent la même évolution que celle du zona proprement dit et les croûtelles les plus volumineuses finirent par se détacher à peu près en même temps que celles des vésicules du thorax. La guérison fut complète au bout de trois ou quatre semaines mais les douleurs persistèrent sur le thorax durant près de deux mois.

Deux des vésicules erratiques laissèrent des cicatrices indélébiles tout à fait comparables à celles des plaques de zona.

Observation XXIV (Giraudeau.)

M. Mol...., d..., 47 ans, originaire des Antilles, fut pris de fièvre et symptômes généraux, le 7 juillet 1858.

Rien de particulier dans l'évolution de son affection, l'auteur conclut en disant :

Il s'agissait donc en définitive d'un zona lombo-fémoralis intense.

En même temps que l'éruption de zona se complétait, c'est à-dire du 14 au 17 juillet apparurent, sur tout le corps des éléments au nombre d'une trentaine, constitués les uns par des petites papules pleines, d'autres par des papules à sommet excorié, noirâtre, d'autres enfin vésiculeuses, renfermant un liquide roussâtre ou même franchement noirâtre. Ces éléments étaient isolés ou bien réunis par groupes de trois ou quatre, mais occupaient toute la surface du corps. On en rencontrait en particulier trois ou quatre sur le cuir chevelu, trois ou quatre également sur la figure, dans la barbe et les sourcils, une dizaine dans le dos, du côté gauche, deux ou trois sur chaque membre supérieur, trois sur l'épaule droite et enfin, trois volumineuses au niveau du genou droit en dehors et en dedans de cette articulation.

Cette éruption erratique était le siège de douleurs assez vives, localisées au niveau des papules et des vésicules mais non pas propagées suivant le trajet des nerfs.

Le 19 juillet. — Presque tous les éléments sont affaissés, leur contenu s'est évacué au dehors, surtout au niveau des grosses bulles, tandis que les vésicules moins volumineuses se sont affaissées insensiblement les douleurs sont encore vives, le malade ne peut supporter le contact des vêtements ; mais il n'a plus de fièvre et il commence à s'alimenter avec plaisir.

Le 22 juillet. — Les croûtes commencent à se détacher, sauf au niveau des grosses bulles et des vésicules volumineuses, les douleurs sont beaucoup moins intenses. Au niveau des plaques de zona il existe de l'anesthésie localisée par plaques mais on n'en rencontre pas au niveau des cicatrices des vésicules erratiques.

M. Giraudeau pense que ces vésicules sont en rapport avec des lésions des terminaisons nerveuses. Il admet que dans ce cas, elles sont un argument de plus en faveur de la théorie infectieuse du professeur Landouzy.

Dans toutes ces observations les vésicules semblaient jetées au hasard sur la surface cutanée sans égard pour la localisation principale. C'est ainsi que nous rapportons cinq observations de zona intercostal. Trois fois l'éruption siégea surtout à la nuque. Elle fut une fois lombo-abdominale, et une fois elle occupa le scrotum et le périnée.

Dans tous ces cas, les vésicules se comportèrent de façon presque identique. Elles apparurent successivement en des poussées successives sur des points quelconques des téguments.

Puisque c'est une notion certaine que ces éléments ne se peuvent inoculer, il faut bien les rattacher à la même cause, à une maladie générale, dont les lésions nerveuses sont multiples.

La vésicule est l'élément qui se trouve le plus fréquemment à distance dans le zona.

Elle peut siéger en un point quelconque des téguments et constitue la preuve essentielle de la multiplicité des points d'attaque de l'infection zostérienne.

CHAPITRE V

Paralysie à distance

1°. — Introduction

Les troubles moteurs dûs au zona consistent en du spasme et de la paralysie. L'étude des spasmes ne nous arrêtera pas, outre que c'est un phénomène habituellement peu marqué et bénin, nous n'en connaissons à distance que des exemples rares et peu instructifs : peut-être que sa cause est la douleur qu'il accompagne. Les cas de spasme que l'on observe consistent surtout dans le rétrécissement de la pupille dans un zona ophtalmique. C'est ce qu'on remarque par exemple dans l'observation de Cohn rapportée par Hybord (1) et où il y eut ptosis ; et d'autre part dans la première observation de Feré, où il y eut aussi des douleurs à distance.

La paralysie, au contraire est très importante et intéressante à connaître. Mais les cas de paralysie zostérienne constituent un sujet qui a besoin plus que tout autre d'une délimitation absolue. Elles sont assez nombreuses, les observations que l'on rencontre, où une paralysie et une éruption zostéroïde ont coexisté sans que leur cause fut un zona.

Cette cause était dans certains cas, une fracture du Rocher, dans d'autres la compression du Facial par une

(1) Zona ophtalmique, Hybord. *Thèse*, Paris 1872.

tumeur, dans d'autres surtout, tels les cas de Brissaud, une lésion centrale; enfin elle fut parfois une intoxication.

Verneuil (1) a publié une observation de fracture transversale de la base du crâne, intéressant le rocher gauche, probablement aussi le rocher droit et traversant la ligne médiane au niveau du sinus sphénoïdal avec contusion cérébrale et épanchement sanguin à la base du cerveau. Il y eut paralysie faciale gauche avec conservation complète de l'orbiculaire. A droite : strabisme convergent et ptosis, 2 jours après, hypéresthésie gauche et éruption vésiculeuse en groupes de huit à dix ».

D'autre part, Schiffer a observé « un zona à gauche avec paralysie complète de l'oculo-moteur gauche, consécutif à un cancer mélanique du sphénoïde, ayant produit entre autres altérations, la dégénérescence du ganglion de Gasser ».

Enfin, Brissaud nous offre trois cas dans lesquels l'étiologie était une lésion centrale.

« Chez un de ses malades, le maximum de la douleur était à l'angle interne de l'œil gauche et à la partie moyenne du front. Un jour, au lieu d'une migraine revenant tous les 5 ou 6 jours, le malade vit deux foyers de vésicules d'herpès aux points habituellement douloureux. Depuis lors, les migraines n'ont plus reparu, mais trois mois après il tombait sans connaissance, et au réveil ne voyait plus de l'œil gauche, il y avait un ptosis complet de la paupière, en même temps, la pupille restait immobile, en état de dilatation et la parole était devenue

(1) Verneuil. *Gazette médicale de Paris* 1873.

embarrassée. Peu d'embarras dans les mouvements de la langue ».

Voici sa seconde observation : « Une semaine après la fin de l'éruption d'un zona temporo-facial gauche ; le malade eut une attaque d'apoplexie, et en se relevant il avait une hémiplégie droite avec aphasie. — Rotation conjuguée des yeux et de la tête et nystagmus ; il mourut quatre jours après ».

Il s'agit dans la troisième observation d'un zona très intense qui fut suivi pendant des années de névralgie avec scotome scintillant. Au bout de cinq ans, il y eut un ptosis intermittant, puis permanent. Peu à peu hémiplégie droite avec disarthrie et atrophie de la langue. Ces symptômes s'atténuèrent au bout de quelques mois.

Ce sont les cas qui ont amené le professeur Brissaud à considérer le zona ophtalmique comme le symptôme d'une lésion intra-crânienne de la base du cerveau.

Nous devrons nous en défier dans notre étude et éliminer toutes les observations dont les symptômes pourraient être ramenées à l'une des causes de névrites et de lésions centrales quelconques comme tabès, tuberculose syphilis, etc., ou bien encore à des traumatismes, à des néoplasies ou des infections. C'est ainsi que nous laisserons de côté un cas de Bowmann rapporté par Hybord (1). Ce cas concerne un homme de 36 ans, qui dans deux occasions avait eu antérieurement de la diplopie durant six semaines. Il présentait un herpès du front gauche qui laissa de l'anesthésie douloureuse, de la diplopie et du strabisme interne du même côté.

Cette observation manque d'ailleurs à ce qu'on pourrait

(1) *Loco citato.*

appeler la loi de bénignité de la paralysie zostérienne puisque l'année suivante la douleur et l'engourdissement avaient augmenté ; la diplopie et le strabisme s'étaient accrus.

M. Klippel (1) donne un excellent terme de diagnostic entre ces différents cas et la paralysie du zona. « Dans tous ces faits, dit-il, la succession des phénomènes semble renversée, la paralysie est la première en date, l'éruption, accessoire, est secondaire ».

Cette marche est en effet absolument de règle dans les cas que l'on pourrait confondre avec les paralysies zostériennes. Dans celles-ci au contraire, c'est une exception si grande de les voir précéder l'éruption, que le seul cas que nous en ayions et qui est dû à M. Rendu (2) peut par là même être discuté.

Nous éliminerons enfin tous les cas dont les manifestations ne sont pas dûes à la seule fièvre zostérienne. Ainsi M. Jacquet a vu une éruption zostériforme, accompagnée de paralysie faciale succéder à une ingestion d'iodure de potassium. De tels cas nous semblent mériter le nom d'éruption médicamenteuse et nous ne saurions nous y arrêter.

2° CARACTÈRES DE LA PARALYSIE ZOSTÉRIENNE.

Siège. La paralysie du zona ainsi délimitée présente des caractères importants.

M. Klippel dans un travail récent a montré l'analogie des paralysies faciales et oculaires du zona. Ce sont là les paralysies que nous verrons siéger à distance, et nous en donnerons d'abord une description générale. La

(1) Klippel et Aynaud. *Gazette des hôpitaux*, 20 mai 1899.
(2) Rendu. *Bulletin de la Soc. Méd. des Hôp.*, 98.

paralysie à distance siège donc dans cette région de l'organisme où des nerfs différents se partagent la sensibilité et la motilité. De tels accidents bien que situés au lieu même de l'éruption méritent le nom d'accidents à distance puisque pour les expliquer il faut la lésion d'un second nerf. Nous ne voulons pas dire cependant que la paralysie à toujours le même siège que l'éruption. Il semble qu'une corrélation si constante répugnerait à l'infection zostérienne ; et nous verrons des cas de paralysie de la septième faire avec un zona occipito-collaris des cas de paralysie du côté opposé à l'éruption et même dans un zona intercostal. En définitive, dans les cas qui ont été observés ce sont les nerfs de la troisième, quatrième, sixième et septième paire qui ont été atteints.

Il est rare que cette paralysie frappe un nerf moteur dans l'ensemble de ses fibres. Ainsi dans la paralysie faciale zostérienne, les muscles profonds ne sont pas atteints. Les nerfs moteurs de l'œil ne sont jamais atteints tous à la fois. Si le moteur oculaire commun est lésé, souvent ce sera dans l'un seulement de ses filets. Le ptosis, la dilatation pupillaire, le strabisme peuvent aussi bien, mieux même exister séparés que réunis.

Marche. — La date d'apparition de la paralysie est bien difficile à fixer. Pourtant un point nous semble établi qui est pour nous important. C'est qu'elle accompagne les autres accidents ; elle ne les suit pas, elle n'est pas une complication mais une manifestation de la maladie.

Le plus souvent c'est du quatrième au sixième jour qu'elle apparait. Elle se produit donc d'une façon un peu tardive. Elle peut attendre pour se montrer une vingtaine de jours, alors que les croûtes seules subsistent, rappelant l'éruption. Dans d'autres cas, elle se montre dès le début. Et c'est même une question à se poser que de chercher si elle peut être le premier symptôme du zona et précéder l'éruption.

La paralysie zostérienne est habituellement bénigne. Sa marche est celle de la paralysie à frigore. Elle a un minimum de quatre jours, un maximum de quatre mois. Pour les muscles de l'œil, la paralysie cède le plus souvent en même temps que les autres symptômes. Pourtant nous citerons deux observations dans lesquelles la dilatation pupillaire paralytique fut encore apparente un an et même deux ans après l'éruption (1).

Nous allons étudier successivement la paralysie zostérienne des muscles de l'œil et la paralysie faciale zostérienne.

A. **Paralysies oculaires dans le Zona**

1° PARALYSIE PORTANT SUR LE MOTEUR OCULAIRE COMMUN

Si nous étudions d'abord les paralysies zostériennes de l'œil, suivant que les nerfs des 3e, 4e et 6e paires seront atteints, nous observerons du ptosis, de la dilatation pupillaire, du strabisme externe ; d'autre part la paralysie du grand oblique et enfin du strabisme interne.

Dans les 14 cas que nous avons recueillis où la 3e paire a été atteinte, nous voyons que la paralysie a été complète dans quatre cas, qu'elle a porté sur le releveur seul

(1) Achard et Castaigne. *Gazette Hebdomadaire*, 12 décembre, 1898.

dans trois cas ; sur les muscles ciliaires seuls dans deux autres cas.

Trois fois, il y a eu ptosis et dilatation pupillaire, une fois il y a eu dilatation pupillaire et névrite optique, une fois enfin il y a eu névrite optique, dilatation pupillaire et ptosis. Quant au strabisme externe il ne s'est jamais montré seul mais a toujours été accompagné de ptosis et de mydriase.

La dilatation pupillaire est le symptôme le plus fréquent d'une lésion de la 3e paire.

Hutchinson disait que dans le zona, toutes les fois que l'œil est atteint il y a dilatation de la pupille et paralysie de l'iris. Ces phénomènes sont peut-être des reflexes. Dans les 14 observations que nous avons, 11 fois la dilatation pupillaire a été notée, elle a existé au moins 11 fois. Nous ne rappelons que deux cas de névrite optique où il y eut nettement dilatation pupillaire, mais dans tous les cas qus nous avons recueillis, il y avait dilatation au moins à un faible degré, et elle a toujours été notée sauf dans les cas ou on l'avait provoquée par l'atropine et dans ceux où l'iris présentait des adhérences. Nous avons rapporté plus haut les observations de névrite optique auxquelles nous faisons allusion. Celle de Bowmann concerne un homme de 44 ans qui dans un zona occupant toute la moitié gauche de la face perdit complètement la vue de ce côté. Il y avait dilatation de la pupille qui ne réagissait plus que consensuellement. Cette observation a été rapportée successivement par Hybord et Sulzer (1).

Dans un cas d'Hutchinson rapporté par Hybord

(1) Sulzer. Loc. cit.

(obs. XVIII) (1), un homme de 60 ans fut atteint d'un zona ophtalmique droit, avec névrite optique ptosis complet et dilatation pupillaire avec immobilité de l'iris.

La paralysie des muscles ciliaires a existé seule dans un cas de Hôfer.

Observation XXV

Sulzer (observation 25) dûe à Hôfer (Annalen der Stœdt, Algem Kraukenfraûser zie Munschen 95).

Un malade, âgé de 44 ans, est atteint d'un zona ophtalmique gangréneux gauche s'accompagnant de douleurs violentes, localisées surtout dans l'œil gauche. L'éruption guérit dans quatre semaines, mais la branche ophtalmique reste sensible à la pression et les douleurs névralgiques persistent. La pupille qui s'est dilatée au commencement de l'éruption reste dilatée et le muscle ciliaire est paralysé.

Des choses analogues se passent dans les zonas symptomatiques comme le montre le cas suivant :

Observation XXVI (2)

Zona symptomatique avec dilatation pupillaire persistante

Il s'agit d'un homme de 69 ans, qui, pendant la convalescence d'une pneumonie, eut, du côté droit, plusieurs groupes de vésicules zostériformes, siégeant au niveau de l'angle externe de l'œil, de la racine du nez et de l'émergence du nerf maxillaire supérieur.

Quoiqu'on n'eut jamais constaté de vésicules sur la cornée, le malade présenta dès les premiers jours, de la mydriase du côté droit, et cette dilatation de la pupille, n'entraînant d'ailleurs aucun trouble oculaire, fut constatée encore un an après la cicatrisation du zona.

(1) Hybord. Loc. cit.

(2) Achard et Castaigné, *Gazette hebdomadaire*, 12 décembre 1897.

Ainsi, au bout d'un an, la paralysie des muscles ciliaires fut encore sensible.

Le ptosis seul a été trouvé quatre fois dans les observations de Hutchinson, de Cohnet Jackson, de Howard et de Sulzer (page 20).

Hybord (1892). Observation de Hutchinson d'un petit garçon qui, au mois d'avril eut un zona du front droit et le côté du nez, près de l'angle interne de l'œil, ptosis de la paupière supérieure avec congestion de la conjonctive.

Observation XXVII. (Cohn et Jackson) (1)

Zona ophtalmique et ptosis.

Jeune homme de 17 ans, novembre 1868, conditions hygiéniques d'habitation mauvaise, bonne santé jusque là, rhumatisme articulaire aigu à l'âge de 12 ans. Le 30 novembre, sans aucun phénomène antérieur, vésicules sur le front gauche que le toucher lui fait découvrir. Les jours suivants, il éprouva des douleurs piquantes et brûlantes dans le front. La fente palpébrale diminua d'un quart, puis les douleurs augmentèrent. Elles étaient surtout vives pendant la nuit.

Le 3 décembre, température du côté malade 36°5, du côté sain 35°5. Conjonctive enflée, modérément rouge. Sécrétion peu considérable. Douleurs.

La sensibilité de la peau est amoindrie entre les vésicules. Etat général excellent.

4 décembre. Eruption survenue depuis hier soir sur le côté du nez, sur la lèvre supérieure. Etat général bon. Douleurs violentes dans la mâchoire supérieure. Constipation.

5 décembre. Douleurs vives et déchirantes dans les dents, la paupière supérieure qui est *pendante* quoique modérément gonflée. Quelques nouvelles vésicules sur l'angle interne de l'œil et le côté du nez. Etat général moins bon, il ouvre moins la bouche ; douleur pour avaler. Quelques vésicules sur le voile du palais. Douleur à la pression au niveau du trou sus-orbitaire et du sous-orbitaire.

12 décembre. Larmoiement. Douleurs oculaires, trois fines

(1) Hybord. *Thèse*, Paris, 1872, observation VI.

infiltrations superficielles de la cornée. Epithélium tombé. Con jonctive peu injectée. Pupille plus étroite. Iris normal.

14 et 15 décembre. Guérison.

Dans l'observation de Howard (1), il s'agit d'un zona répondant à la distribution du nerf sus-orbitaire et frontal et s'accompagnant de douleurs très intenses qui présenta ce fait intéressant de l'apparition du ptosis du même côté vers le 12e jour et qui fut du reste transitoire.

Dans le cas de Sulzer (page 20), c'est une femme de 75 ans qui se présente le 13 mars 1897 avec un zona de la paupière, de la base du nez et de la région frontale à gauche. Du même côté, il existe un léger ptosis, mais la mobilité oculaire est conservée. Le ptosis existe encore le 4 mai.

Nous trouverons maintenant le ptosis coïncidant avec la paralysie ciliaire dans le cas de Hutchinson (2) (observation 81) et deux cas de Achard et Castaigne.

Hybord a résumé dans sa thèse l'observation de Hutchinson :

Observation XXVIII (Hutchinson)

Femme de 60 ans. Bonne santé habituelle. Quelques cicatrices sur le front, principalement en dedans, mais aussi sur tout le nez. Cornée trouble sans opacités denses. Pupille dilatée du double ou du triple, immobile. Adhérences, mais elles n'obstruent pas la pupille. L'iris a perdu son brillant. Ptosis de la paupière supérieure.

Observation XXIX

Zona de la face. Dilatation pupillaire ptosis léger

Del..., Joseph entre à Tenon le 22 mai 1897.

Il est âgé de 51 ans.

Il est porteur d'un zona occupant la moitié gauche de la face

(1) *The Lancet*, 1894.

1° La région frontale et le cuir chevelu; un groupe de vésicules est même situé en arrière du lambeau un peu à gauche de la ligne médiane et mérite le nom de vésicules aberrantes puisqu'il ne siège pas comme les autres sur une branche de trijumeau.

2° Sur le front, la tempe, les paupières ;

3° La joue et le nez ;

4° Sur la mâchoire inférieure.

Les muqueuses sont elles-mêmes atteintes.

La conjonctive, la pituitaire, la muqueuse buccale, portent des vésicules qui siègent même au pharynx.

On remarque une inégalité pupillaire très marquée ; la pupille gauche est plus large que la droite et elle réagit à peine à la lumière et à l'accommodation.

L'inégalité pupillaire, dûe à la dilatation paralytique de la pupille gauche a persisté, un peu amoindrie seulement jusqu'au 4 juillet, date à laquelle le malade quitte l'hôpital.

Ainsi la topographie de l'éruption a correspondu à la fois au trijumeau, au glossopharyngien et au pneumo-gastrique nerfs dont l'origine médullaire est assez voisine. La mydriase est l'indice de la lésion de la troisième paire.

Observation XXX (Achard et Castaigne)

Achard et Castaigne (observation III).

Une jeune femme, à la suite d'une couche, eut un zona ophtalmique du côté gauche sans complications inflammatoires de l'œil. Après la guérison du zona, il subsista une légère anesthésie de la paupière supérieure et de la région sourcillière, un très léger ptosis, et enfin, une dilatation paralytique de la pupille assez prononcée. Cette dilatation pupillaire ne s'était pas modifiée deux ans après le zona et causait une gêne fonctionnelle assez grande.

La dilatation et le ptosis ont coexisté une fois (voir à Névrite, Hutchinson, XVIII) chez une femme de 60 ans qui présentait une éruption intense occupant le côté droit du nez et le front droit.

Parmi les quatre exemples de paralysie complète de la troisième paire, deux ont été recueillies par Hybord.

La première est dûe à Bowater et Vermon ; la deuxième dûe à Hutch a été citée aussi par Sulzer. Les deux dernières sont de M. Blachez et de M. Schlesinger.

Observation XXXI (Bowater et Vernon (1)

Iritis douteux. Homme de 53 ans habituellement bien portant. Sujet l'hiver à des douleurs rhumatismales.

Février 1868. Pendant un voyage dans le sud de l'Angleterre, il fut exposé aux intempéries d'une saison rigoureuse. Violente douleur dans le front droit et le côté de la tête, puis éruption confluente sur le front, le cuir chevelu, le sourcil surtout, la paupière supérieure, la pointe du nez du côté droit. Gonflement des paupières. Un mois après le début de l'affection, ce malade qui paraît épuisé, entre à l'hôpital. La peau du front est encore œdémateuse, couverte de cicatrices irrégulièrement distribuées, presque anesthésiques, tandis que la peau qui les entoure est très sensible. Pupille irrégulière, plutôt dilatée, paresseuse semblant libre d'adhérence. Vision affaiblie, il ne peut lire au-dessus du n° 12 de Snellen. Rien à l'examen ophtalmoscopique. Ptosis de la paupière supérieure, léger degré de strabisme externe.

Accès de douleurs névralgiques très violentes qui persistent pendant quelques semaines. Au bout de ce temps, l'état de l'œil est peu changé. Les douleurs cédèrent à la quinine, aux frictions d'Aconit. Le ptosis devient bien moins apparent.

Observation XXXII (Hutch)

Homme de 57 ans, excellente santé habituelle, accès de fièvre intermittente, quelque temps avant.

En mars 1864, quatre jours avant l'éruption, nez et bouche douloureux. Douleur entre les épaules. Mal de cœur, frisonnement, baillement : il se sentit très malade. Taches et éruption sur le front droit. Les symptômes généraux ne se calmèrent pas. Le sixième jour, ptosis de la paupière supérieure. Ptosis complet, paralysie des muscles innervés par la troisième paire. Dilatation de la pupille, deux fois large comme la pupille

(1) Bowater et Vernon. St-Bartholomew's, hôspital Report, et *Thèse* de Hybord, n° 71.

gauche. L'éruption est surtout distribuée le long du frontal interne, une ligne de vésicules allant jusqu'aux cheveux. Douleurs légères, œil sain. Guérison rapide de la paralysie.

Observation XXXIII (Blachez) (1)

Zona bilatéral et paralysie de la 3e paire

Il entre à l'hôpital le 27 janvier 1880, un homme de bonne constitution, de 56 ans, sans maladies antérieures. Il souffrait depuis 5 à 6 jours, quand il entre à l'hôpital, douleur et cuisson du côté gauche de la tête. Il eut un frisson au début. Il avait mal à l'œil gauche et éprouvait de la difficulté à l'ouvrir. L'œil devint rouge, les douleurs s'accrurent et se cantonnèrent exactement dans cette région, en prenant le caractère lancinant avec exacerbations vives et privation de sommeil.

Deux jours avant l'entrée à l'hôpital, apparut une éruption qui débuta à l'arcade sourcillière et revint un peu vers la partie interne de l'œil du côté du nez. Elle resta là, bien unilatérale.

L'éruption s'accompagna de tuméfaction, de rougeur considérable de la peau du front et se perdit vers la région temporale gauche.

Le malade s'aperçut que l'œil était pris, la paupière était gonflée et œdémateuse, larmoiement, douleur, le malade ne pouvait plus ouvrir l'œil.

On aurait pu croire, dit l'auteur, à un érysipèle phlycténoïde, mais, en remontant vers la région pariétale on trouvait une éruption plus caractéristique, composée de vésicules séparées et discrètes.

Ce malade présentait de la conjonctivite de l'œdème et de l'ulcération des paupières et du chémosis.

Il y avait de la photophobie et pourtant pas d'ulcération cornéenne, les ganglions lymphatiques étaient tuméfiés.

Le lendemain la rougeur avait envahi le côté droit, mais à un moindre degré qu'à gauche.

L'amélioration survint au 13e jour, mais du côté de l'œil, loin de décroître, l'optalmie propre au zona a persisté. Une ulcération est apparue sur la cornée huit jours au moins après les premières phlyctènes de la peau, puis les ulcérations se sont

(1) Blachez, *Gazette des Hôpitaux*, 1880.

multipliées, nous avons eu, en un mot, une kératite ulcéreuse.

Le 20 février, le zona est guéri en laissant de l'anesthésie de la peau et de la conjonctive. Mais tout n'est pas fini du côté de l'œil, la conjonctive est restée injectée, le chemosis persiste, ainsi que les ulcérations superficielles de la cornée, surtout à la partie externe de l'œil. Il n'y a pas eu d'iritis. Le malade n'ouvre l'œil qu'avec une grande difficulté.

De l'examen de l'œil fait par M. Galezowski, il résulte qu'il y a paralysie de la 3e paire. Le malade voyant double, mais seulement quand au moyen du verre de couleur on l'empêchait de faire abstraction de l'image double.

Il est remarquable qu'on n'a jamais constaté ces troubles trophiques de l'œil, que si l'éruption est venue jusqu'à l'angle interne de l'œil, au niveau des nerfs trophiques du nez, nerfs ciliaires et rameau nasal.

Observation XXXIV (Schlesinger)

Enfin, dans la séance du 12 octobre 1892, au club médical de Vienne, M. Schlesinger a présenté un homme de 40 ans qui, après avoir eu un zona du côté gauche du front fut atteint d'une paralysie complète du nerf moteur oculaire commun gauche.

Au moment de la présentation, il existe encore une parésie de la première branche du trijumeau, une perte de la sensibilité au niveau de la partie supérieure de la conjonctive, un ptosis, et une paralysie du muscle irien.

Schlesinger considérait que l'apparition d'une paralysie musculaire à la suite du zona plaide en faveur de la nature infectieuse de cette maladie.

Les cas de paralysie de la troisième paire ainsi réunis ne nous montrent aucun exemple de strabisme existant seul. Le trouble le plus constant est la mydriase et c'est aussi celui qui peut être le plus durable puisque nous l'avons vu persister une fois un an et une autre fois deux ans après le zona. Le ptosis est à peu près aussi fréquent que la paralysie des muscles ciliaires, mais a toujours cédé assez vite.

La paralysie de l'accommodation a été peu constatée ou peu recherchée. Cependant Artl, d'après Sulzer, en a observé un cas.

2° Paralysie zostérienne du pathétique

Les paralysies des autres muscles de l'œil sont beaucoup plus rares. La quatrième paire a pourtant été atteinte une fois ainsi que Lesser l'a rapporté à la IVe session du Congrès des Dermatologues allemands. Chez un homme de 72 ans, l'éruption caractéristique se forme, accompagnée de douleurs violentes quinze jours plus tard, le malade voit double et un examen approfondi révèle l'existence d'une paralysie du muscle grand oblique de l'œil droit.

3° Paralysie zostérienne du moteur oculaire externe

La sixième paire semble à première vue être atteinte d'une façon un peu plus fréquente. Nous sommes tout d'abord en présence de trois cas : l'un de Bowmann rapporté par Hutchinson, le second de Veindner. (Berl. Klinische Vochenschrift, 1870), le troisième enfin de Goldschmit.

Mais il se trouve que l'observation de Bowman est discutable. Celle de Veindner doit de même être éliminée, il s'agit d'un vieil instituteur qui, après avoir souffert durant un an et demi de névralgies faciales, présenta un zona de la 1re branche du trijumeau. Il y eut entre autres accidents un strabisme interne léger. Puis tout guérit, sauf les douleurs névralgiques qui persistèrent jusqu'à la mort qui survint cinq ans plus tard. Le malade avait eu plusieurs attaques apoplectiques bénignes.

Ainsi nous ne conservons pas d'autre cas que celui de Goldsmith. Ici l'éruption n'a aucunement touché l'œil, qui, cependant a présenté du strabisme avec diplopie et larmoiement.

Observation XXXV (Goldsmith) (1)
Zona avec strabisme interne

Madame F..., 56 ans robuste, corpulente, n'a jamais été sérieusement malade. Avant la ménopause elle a été sujette à des migraines surtout du côté gauche et a ressenti parfois des douleurs rhumatismales vagues. Appelé auprès de la malade le 8 janvier dernier, j'apprends qu'elle est souffrante depuis 8 jours sans avoir dû garder le lit. Au début, elle a ressenti certains malaises, des frissonnements ; puis est survenue une violente névralgie occipito frontale gauche. Pas ou très peu de fièvre, appétit maintenu, fonctions générales normales, sauf le sommeil qu'empêchent des douleurs très intenses. Ces dernières sont continues, lancinantes avec exacerbations vers le soir.

A l'examen, on ne découvre rien de particulier, hormis de petites croûtes sur le cuir chevelu. Antipyrine un gramme matin et soir.

11 janvier. La malade a pris six grammes d'antipyrine qui n'ont produit aucun soulagement ; la névralgie persiste avec la même intensité et la même continuité empêchant tout sommeil ; la pression sur les points d'émergence des nerfs n'augmente pas notablement la douleur. Je remarque pour la première fois quelques boutons herpétiques sur le front, le cuir chevelu et derrière l'oreille du côté gauche ; 40 centigrammes de sulfate de quinine matin et soir, un centigramme de morphine pour la nuit.

14 janvier. La douleur névralgique a presque disparu, le sommeil est revenu sous l'influence de la morphine. Les boutons herpétiques apparaissent en bien plus grand nombre ; ils forment un chapelet presque ininterrompu sur le front commençant à la racine du nez et remontant obliquement jusqu'au cuir chevelu sous forme d'une ligne légèrement arquée, à connexité tournée vers la droite, sur le cuir chevelu lui-même ; grand nombre de boutons disséminés et quelques-uns derrière l'oreille. L'éruption

(1) Goldsmith de Strasbourg. *Bulletin de la Société médicale des hôpitaux* 1893.

est rigoureusement unilatérale ; pas la moindre trace à droite, les paupières, le nez et la face sont restés indemnes.

Les vésicules se présentent dans les diverses phases de leur évolution ; les unes sont encore transparentes, dans d'autres le liquide est déjà trouble, quelques-unes ont l'air de se dessécher.

On suspend la morphine ; le sulfate de quinine est continué à la dose de 0 gr. 40 matin et soir. Pommade au chlorate de potasse 1/20 sur les parties envahies.

18 janvier. La névralgie est réduite à quelques rares élancements ; nuits bonnes, sans le secours de la morphine ; encore quelques vésicules fraîches sur le cuir chevelu, mais non sur le front, d'autres se dessèchent et forment de petites croûtes. Strabisme à gauche ; la malade voit les objets doubles ou juxtaposés. Larmoiement des deux côtés, caroncule lacrymale gauche tuméfiée et rouge.

Le sulfate de quinine est suspendu ; collyre boriqué à 3 %, continuer les onctions avec la pommade au chlorate de potasse sur les parties envahies par le zona.

21 janvier. Sur le front et derrière l'oreille gauche, les vésicules ont fait place à des taches brunâtres ; sur le cuir chevelu, on trouve encore de petites croûtes ; le larmoiement est moindre, mais il existe un peu de suppuration palpébrale.

Le strabisme persiste et avec lui la diplopie, la cornée et l'iris restent intacts.

La sensibilité cutanée, n'offre pas de différence marquée des deux côtés du front. Rien d'anormal quant aux urines ; douleurs névralgiques de nouveau plus accusées.

Reprendre le sulfate de quinine (40 centigrammes matin et soir), continuer les onctions de pommade chloratée et le collyre à l'acide borique.

25 janvier. Mme F... a sérieusement souffert de sa névralgie depuis ma dernière visite ; aujourd'hui, elle paraît soulagée ; elle continue à loucher, mais ne voit plus constamment les objets en double. Les yeux ont cessé de larmoyer, la caroncule lacrymale gauche est encore proéminente, mais de couleur presque normale. Le sulfate de quinine est suspendu et remplacé par une pilule asiatique à prendre dans la matinée.

28 janvier. La névralgie a définitivement disparu, strabisme moins accentué ; pour le reste, pas de changement.

1er février. La névralgie n'a pas reparu, l'irritation conjonctivale a cessé d'exister, mais la malade voit toujours trouble. Je la présente au professeur Laqueur qui constate avec moi l'existence d'une paralysie incomplète du droit externe avec diplopie à gauche en voie d'amélioration.

Nous convenons de promener tous les trois jours le courant continu sur les parties atteintes et de continuer encore pour un temps les pilules asiatiques.

6 février. Deuxième application du courant continu sur le front, la tempe et derrière l'oreille gauche; le strabisme a pour ainsi dire disparu.

Sauf les macules brunâtres sur le front, il ne reste chez Mme F... presque plus de traces de sa récente affection.

Le traitement a duré un peu moins d'un mois.

Ainsi la paralysie de la 6e paire survint 16 jours après le début des douleurs et dura à peu près le même temps.

RÈSUMÉ

La paralysie postérieure des muscles de l'œil fut donc presque toujours dissociée, dans quatre cas seulement, le nerf moteur oculaire commun fut tout entier paralysé. Elle fut d'ailleurs bénigne. Celle qui atteignit le releveur fut la plus fréquente.

Néanmoins, la dilatation pupillaire ne présente qu'une observation de moins. Dans deux cas, la paralysie des muscles ciliaires a été d'une durée absolument anormale et a persisté un an et deux ans.

Nous n'avons pas d'exemple où la paralysie ait porté sur les muscles de l'œil du côté opposé. Néanmoins, dans aucun des cas que nous avons réunis, une même lésion nerveuse ne peut expliquer l'éruption et la paralysie.

B. **Paralysie faciale du zona**

1° Analogies de la paralysie faciale zostérienne et de la paralysie faciale a frigore

On ne peut décrire la paralysie faciale zostérienne sans être frappé des analogies qu'elle présente avec la paralysie faciale « à frigore ».

MM. Klippel et Aynaud (1), dans leur mémoire sur la question qui nous occupe, insistent sur cette ressemblance. Ils la constatent dans l'étiologie, dans les symptômes, dans la marche et le pronostic des deux maladies. Dans toutes les deux on retrouve comme étiologie le froid, la prédisposition nerveuse et le germe infectieux cause déterminante.

Au point de vue du siège : les mêmes muscles sont atteints. Au point de vue des symptômes on retrouve l'unilatéralité, la variabilité, les douleurs, les anesthésies, les troubles sentoriels possibles dans les deux affections. Le pronostic est bon et la durée ne dépasse pas quatre mois.

Etudions en détail ces différents points :

Etiologie. — Le froid est admis par tout le monde comme cause occasionnelle du zona, depuis Neumann. Hardy a remarqué que le froid précédait presque toujours le zona.

La prédisposition nerveuse a été admise par Charcot

(1) Klippel et Aynaud. Loco citato.

pour la paralysie « à frigore » et par Letulle pour le zona.

L'étiologie infectieuse établie par le professeur Landouzy pour le zona et dont nous avons donné les raisons dans la première partie de ce travail, a de même été élevée en principe par Despaigne (1) pour la paralysie de Bell. Des symptômes généraux ont été observés dans certains cas de cette maladie par Bérard et Grisolle.

Siège. — L'unilatéralité est un grand caractère des deux maladies, nous l'avons toujours constaté sauf dans des cas absolument exceptionnels comme celui de Raymond que nous rapporterons plus bas. Là, il y eut diplégie zostérienne.

Les muscles de la face, seuls sont atteints en général, à l'exclusion des muscles profonds innervés par le facial.

Plus rarement, il y eût paralysie du voile du palais.

Symptômes. — Les symptômes sont ceux des paralysies périphériques. Ici ils sont d'abord remarquables par leur variabilité, dans les deux affections. « En ses degrés, disent MM. Klippel et Aynaud (2), elle est vraiment variable, Est-elle intense et de longue durée, les traits du visage sont nettement déviés et la déviation ne peut échapper à l'observateur. C'est alors qu'on note l'abolition des réactions électriques dans les muscles correspondants où la réaction de dégénérescence. La complication est-elle légère, les traits sont à peine déviés, et la volonté n'est pas complètement impuissante sur les muscles parésiés. Les malades n'accusent qu'une certaine gêne de la mimique. » Ces auteurs font encore remarquer que l'œdème de la paupière peut coïncider avec la para-

(1) Despaigne. Thèse, Paris 1888.
(2) Klippel et Aynaud. Loc cit.

lysie et donner cet aspect assez surprenant au premier abord de l'occlusion de l'œil accompagnant une paralysie périphérique.

La douleur peut presque être dite un symptôme commun des deux maladies.

D'après Despaigne, puis Klippel et Aynaud, de nombreux auteurs (1) en donnèrent des exemples dans la paralysie « a frigore. »

Webber, de Boston, estimait qu'il y avait des douleurs dans la moitié des cas et Testaz (2) croyait que ce rapport était inférieur à la vérité.

Cette douleur apparaît ici encore avant la paralysie, elle dure autant qu'elle, elle peut durer davantage.

L'anesthésie succède parfois à la névralgie comme on le voit dans un cas de Millard (Despaigne).

Les troubles sentoriels accompagnent parfois l'une ou l'autre affection, ils consistent en troubles du goût, de l'odorat, de l'ouie et même en des vertiges.

La marche de la paralysie faciale zostériénne s'est comportée comme celles des autres paralysies de cette maladie. La paralysie a débuté dans les premiers jours qui ont suivi l'apparition des vésicules. Rarement, elle est survenue à peu près en même temps (Strubing, Testaz, Raymond).

Le pronostic a été bon : la guérison a été la règle après un minimun de temps que MM. Klippel et Aynaud fixent à quatre jours ou un maximum qui est de quatre mois.

MM. Klippel et Aynaud se basent sur tous ces carac-

(1) Béraud, Eulemburg, Erb, Grasset, Duchenne, de Boulogne, Dieulafoy, Bernhard, Testaz.

(2) Testaz. Loc. cit.

tères communs et aussi sur la dissociation bien remarquable des symptômes dans le zona pour se demander si l'absence de vésicules crée entre les deux affections une séparation absolue. La vésicule peut-elle manquer dans le zona comme manquent les autres symptômes et même la douleur ?

Dans ce cas, où placera-t-on la distinction entre la paralysie à frigore et la paralysie faciale zostérienne ?

Ainsi en faisant ce parallèle, nous avons décrit la paralysie faciale du zona. Comme différences entre les deux affections, nous ne trouvons que la possibilité de paralysie du voile du palais par l'infection zostérienne et les récidives qui se produisent parfois de la paralysie de Bell. Ces récidives sont rares si l'on songe que Despaigne n'a pu en réunir que quinze cas. Elles ont d'ailleurs une ressemblance avec les récidives du zona ; elles se produisent à des intervalles très courts, chez des individus atteints de tares nerveuses, ou bien, au contraire elles surviennent un nombre assez grand d'années après la première atteinte.

2° LES OBSERVATIONS DE PARALYSIE FACIALE ZOSTÉRIENNE.

MM. Klippel et Aynaud ont réuni dix-sept cas de paralysie faciale zostérienne. Nos recherches ne nous ont fait rencontrer qu'une observation de Remack et une de Olaf Frich qui leur ont échappé. Si nous ajoutons celles de Lannois, de Gaucher et de Sottas parues depuis leur mémoire, et enfin une observation inédite recueillie dans le service de M. Thibierge, nous en porterons le nombre à 23.

Le premier cas en date est celui de M. Letulle, paru en 1880.

Observation XXXVI (Letulle) (1)

Sur un cas de zona ophtalmique gangréneux compliqué de paralysie faciale.

Pepostier Jules, cuisinier 51 ans, entre le 25 avril 1880 dans le service de Velpeau à la Charité.

Le 19 avril, en se levant, il ressentit, dans toute la région frontale droite et au niveau de l'angle externe de l'œil droit, une douleur vague, sorte de gêne et de pesanteur qui persiste toute la journée pendant son travail.

Le 20. — La douleur était devenue très vive, insupportable, elle occupait toute la région fronto-pariétale droite, irradiant dans la paupière supérieure dont le bord était le siège d'une sensation de cuisson très pénible.

Depuis ce jour, jusqu'à son entrée à l'hôpital, cette douleur diffuse n'a fait que s'accroître, elle est devenue atroce ; hier enfin une éruption vésiculeuse à commencé à se produire au niveau des régions douloureuses.

Etat actuel. L'éruption constituée par des vésicules jaunes-brunâtres, légèrement affaissées et réunies en plaques, occupe sur la région frontale droite un espace parfaitement limité : à gauche par la ligne médiane, à droite par une ligne verticale passant par le milieu du sourcil.

La racine du nez du côté droit, la paupière supérieure droite, au niveau de l'angle interne de l'œil, sont également le siège d'une éruption vésiculeuse. Le cuir chevelu est respecté. Tout le reste de la région frontale droite, les deux paupières et la presque totalité de la joue droite sont le siège d'une douleur très vive et d'une desquamation épidermique. Ces régions érythémateuses sont envahies par un œdème très notable qu'on constate également mais moins vif dans la région pariéto-temporale droite. Sur l'aile droite du nez se voit en outre un autre ilot de vésicules contenant un liquide incolore.

L'œil droit s'ouvre difficilement à cause du gonflement des paupières. Les conjonctives sont rouges et gonflées, la cornée

(1) *Archives de Physiologie normale et pathologique.* 80.

et l'iris sont normaux. Pas de photophobie. Rien dans la cavité buccale. La sensibilité semble diminuée dans le voisinage de plaques herpétiques.

Dès le surlendemain de son entrée, la douleur a presque entièrement disparu : la pression sur les points d'émergence des nerfs sus et sous-orbitaires est encore pénible.

Les ganglions sous-maxillaires droits sont engorgés et douloureux ; à gauche d'ailleurs, les ganglions sous-maxillaires sont douloureux aussi, et légèrement tuméfiés, mais moins que du côté du zona.

20 avril. Abondante suppuration sous les croûtes formées par l'éruption. Sous les croûtes, on découvre quelques plaques gangréneuses.

1er mai. L'œdème des joues a diminué, suppuration abondante.

4 mai. Cicatrisation rapide, la conjonctive est toujours injectée.

7 mai. Quelques douleurs dans la face dans la région du sus-orbitaire et du nasal qui se répètent le 9 mai.

10 mai. La cicatrisation est complète. En regardant le malade, on s'aperçoit qu'il est atteint d'une paralysie faciale incomplète du côté droit. Hier il s'est aperçu tout à coup en buvant, que le liquide s'échappait de sa bouche par la commissure labiale. Les aliments s'accumulèrent dans le sillon gingivo-labial. L'orbiculaire des paupières droites ne peut oblitérer complètement l'orifice palpébral ; cependant la paupière supérieure droite et légèrement abaissée. Les rides ont disparu à droite. Le voile du palais, la langue sont intacts : l'ouïe est normale à droite.

11 mai. La paralysie faciale s'accuse. Diminution de la contractibilité faradique des muscles.

13 mai. L'orbiculaire de la totalité des muscles de la face du côté droit ne réagissent plus du tout sous la faradisation.

L'anesthésie persiste là même dans les régions signalées, (territoires du sus-orbitaire et du sous-orbitaires droits.)

La paralysie faciale diminue à partir du 21 mai et le 30 mai le malade quitte l'hôpital presque guéri.

En résumé : zona des deux premières branches du trijumeau. Paralysie faciale au 20e jour de la maladie et qui dura trois semaines.

Observation XXXVII

Ueber complication von Herpes Zoster occipito-collaris mit gleichzeitiger schwerer peripherer Facialis paralyse (1) (Ecourtée).

Ouvrier âgé de 44 ans, entré le 14 septembre. Il tombe malade le 9 septembre, en présentant des douleurs à la nuque, au côté gauche du cou, dans la fosse auriculo-mastoïdienne et à la face. Il a eu, paraît-il le même jour quelques petites taches rouges dans les régions douloureuses.

Le 11 septembre, il présenta à son réveil de l'asymétrie de la face et le lendemain survint la paralysie au même degré où elle paraît aujourd'hui. En même temps ; goût amer dans la moitié gauche de la langue, surdité et bourdonnements dans l'oreille gauche.

Par son métier d'étameur, il est souvent exposé à des variations de température, mais il ne se souvient pas d'avoir subi de refroidissement qui eut occasionné la maladie actuelle.

Il a eu une pleurésie il y a 6 ans.

Etat actuel. Paralysie faciale complète avec lagophtalmie sans ectropion. Pas de déviation du voile du palais, celui-ci se lève symétriquement dans la phonation. Pas de dysphagie.

Pas de différence de goût à l'expérimentation dans les deux moitiés de la langue, cependant dans la moitié gauche, sensation obtuse.

Le bruit d'une montre n'est pas perçu par le malade à un pouce de l'oreille.

A l'examen de l'oreille on trouve un bouchon de cerumen avec otite moyenne chronique.

Le malade entend double les sons de musique, surtout les tons hauts, et quand on parle haut, il perçoit deux voix.

Eruption fraîche d'Herpès par groupes d'une largeur de 2 à 3 centimètres.

. . . .

(L'auteur décrit l'éruption et termine en la définissant: zona occipito-collaris de Barensprung ou zona de la nuque et du cou de Hébra.)

(1) Obs. de Remack rapportée par Voigt, Saint-Pétersbourg. *Med. Vochenschrift*, 1885 n° 45.

A la recherche objective de la sensibilité, on trouve une légère analgésie à gauche. Pourtant, à l'épreuve du compas du tact, il n'y a pas de différence. L'examen électrique du facial a été fait. On a trouvé pour le facial droit : contraction minime à 25 millimètres; pour le facial gauche à 10 millimètres.

Il s'agit donc ici d'un cas de paralysie faciale avec évolution caractéristique des symptômes électriques.

Nous pouvons localiser la lésion nerveuse du facial avec une certitude mathématique par la participation du goût et de l'ouïe et la non participation du voile du palais, entre la naissance du nerf grand pétreux superficiel et le trou stylo-mastoïdien.

Ici zona occipito-collaris. Paralysie deux jours après avec troubles du goût et de l'ouïe.

Chez le malade d'Eulemburg (1) des douleurs précédèrent également l'éruption, il siégeait du côté gauche au niveau de l'articulation temporo-maxillaire et du trou stylomastoïdien et s'étendait au cou. La paralysie se montra après l'éruption et il y eut diminution des réactions électriques des muscles paralysés; et légère déviation de la langue.

Observation XXXVIII (2)

Strübing rapporte un cas personnel, c'est suivant Klippel et Aynaud, une demoiselle de 52 ans qui vers l'âge de 20 ans avait été sujette à des accès de migraine. Elle ressentit, à la suite d'un courant d'air de violentes douleurs dans la moitié gauche du visage qui ne durèrent pas plus d'un quart d'heure et qui se reproduisirent les jours suivants avec les mêmes caractères.

L'éruption du zona qui siégeait sur les branches du maxillaire inférieur apparut trois ou quatre jours après le début des douleurs : la paralysie faciale la suivit de très près, peut-être

(1) Uber complication von peripherischer facialis paralyse mit zoster faciei. *Centralblatt. f. Nervenhielk*, 1er mars 1885.

(2) Strubing. Herpes zoster und Lechmung motorischer neven. *Deuts. Arch. f. klin. med*, 1885 ,vol. XXXVII.

même se produisit-elle en même temps. Elle était située du côté gauche, limitée aux muscles cutanés et accompagnée, deux jours après son début de réaction de dégénérescence. Comme troubles de sensibilité, on notait de la douleur à la pression des nerfs sus et sous orbitaires, du grand sympathique du facial, au trou stylo-mastoïdien des vertèbres cervicales et une diminution du goût dans les 2/3 antérieurs de la langue.

Strübing rapporte ensuite deux observations de Tryde.

L'une concerne un sourd-muet de 20 ans qui eut un zona sur le trajet du maxillaire inférieur du côté gauche trois jours plus tard apparut une paralysie faciale du même côté qui guérit au bout de quatre jours à la suite d'un traitement par les courants continus.

La seconde observation de Tryde rapportée par Strübing est celle d'une femme de 39 ans, enceinte : quatre semaines avant son accouchement, apparut sur la moitié gauche du cou, autour de l'oreille et sur l'épaule un zona qui s'étendait jusqu'à la nuque et à la partie postérieure du cuir chevelu en arrière, jusqu'à la région malaire et à la commissure labiale en avant. Au moment de son accouchement, une amélioration survint dans son état ; l'exanthème devint pourtant plus florissant. Les jours suivants on constate une paralysie motrice du facial. L'éruption disparut d'abord puis la paralysie fut guérie par les courants continus.

Les deux autres cas rapportés par Strübing sont ceux de Greenongh et de Coob.

Greenongh a vu un tuberculeux présenter, peu après un zona occipito-cervical une paralysie faciale du même côté qui guérit en cinq semaines.

Disons que cette observation est sujette à caution puisqu'elle se produisit chez un tuberculeux.

Coob vit un zona de la moitié droite du cou et du

visage suivi de paralysie faciale du même côté, terminé également par la guérison.

Remack (1) dans un cas échappé à MM. Klippel et Aynaud et différent de celui publié par Voigt a vu des douleurs occuper l'oreille droite durant huit jours. A ce moment, elles furent suivies d'une paralysie faciale complète et d'un zona qui occupa les 2/3 antérieurs de la langue du même côté que la paralysie, zona et paralysie se produisirent en même temps.

Il n'y eut pas de trouble de la sensibilité générale ni du goût.

Observation XXXIX (Testaz) (1)

Le nommé Emile L..., 18 ans, bijoutier, entre le 12 février 1885, salle Andral, à Saint-Antoine.

Pas d'antécédents à noter.

Le 22 janvier, après avoir pris un bain, il eut froid en se promenant tard le soir.

Deux jours après, il éprouve une forte douleur dans le fond de l'oreille avec battements dans la tête, le soir en se couchant, comme si on lui tiraillait et perforait le tympan. Pas de douleurs ailleurs, mais il ressent des démangeaisons sur le côté gauche de la face qui paraît enflé. Le lendemain matin du jour où il a commencé à sentir la douleur, il se fit une éruption de vésicules pleines d'un liquide incolore; au bout de trois jours, elles se transforment en croûtes qui démangent davantage; ces vésicules sont disposées en trois groupes arrondis : l'un grand comme une pièce de 5 francs, au niveau de la pommette; les deux autres grands comme une pièce de 0 fr. 50 au milieu de la joue et à un centimètre de la commissure labiale; du côté droit, absolument rien.

Un médecin porta le diagnostic de zona. Les dents du côté gauche étaient douloureuses au point que le malade ne pouvait mâcher les aliments, les gencives saignaient.

(1) Despaigne. Obs. III. Étude sur la paralysie faciale périphérique, (*thèse*, Paris 1888).

(1) Testaz. *Thèse*, Paris 1887, observation XIV.

Vers le 6e jour, toute douleur disparut, mais le malade s'aperçut tout à coup que sa bouche était fortement déviée à droite. Ses aliments s'accumulaient dans le sillon gingivo-buccal. Le malade ne peut ni siffler ni jouer de la flûte.

La salivation est abondante, l'œil gauche se ferme mal. Il y a de l'épiphora. Les phénomènes de paralysie durent cinq jours, tout en décroissant peu à peu.

Etat général a toujours été bon.

Le 9 février, reprise des douleurs et le malade entre à l'hôpital le 12 février.

Le 13 février. Etat actuel. La douleur existe à l'entrée du conduit auditif externe. La région présente un peu de douleur diffuse. La douleur est vive au niveau du tragus. Il y a un peu de douleur à la pression sur le trajet du nerf maxillaire inférieur et au niveau de la pommette. On ne réveille pas de douleur à la pression du front, de la tempe et des trous sus-orbitaire, sous orbitaire et mentonnier. La sensibilité explorée avec une épingle est conservée. Sur la peau, on voit des taches rougeâtres aux points où siègent les croûtes, traces des anciennes vésicules d'herpès.

Il y a un peu d'asymétrie faciale, toutefois la bouche n'est pas déviée, sauf quand le malade montre ses dents.

La commissure gauche présente quelques petits mouvements convulsifs, il existe une sorte de tic dans le côté gauche de la face. La langue n'est pas déviée, la luette l'est énormément à droite. La déglutition difficile dans les premiers jours, s'effectue bien maintenant. La salivation qui était abondante est normale. L'œil ne peut se fermer complètement.

L'ouie très affaiblie à gauche ; une montre appliquée sur l'oreille est entendue un peu, mais à deux ou trois centimètres elle ne l'est plus.

Le goût est un peu altéré, car de l'acide salicylique mis sur la langue dans sa moitié gauche, n'est pas perçu. Etat général bon.

Le 15. Le voile du palais n'est plus dévié, la douleur disparaît le soir. L'œil se ferme complètement par un peu d'effort. L'œil revient un peu.

Le 17. Plus de douleur. Il reste un peu de déviation de la bouche quand le malade montre ses dents.

Le 20 février il reste un peu de faiblesse lors de la fermeture de l'œil.

Il y eut donc paralysie au sixième jour. Le *voile du palais* y participa. L'ouïe et le goût furent affaiblis. Guérison à peu près complète de la paralysie vers le vingt-deuxième jour. L'éruption siégeait sur la joue gauche.

Observation XL (Besnier) (1)

M. X..., après avoir éprouvé pendant plusieurs semaines des douleurs vives dans la région cervicale du côté droit douleurs prémonitoires qui avaient permis au Dr Ernest Besnier d'annoncer l'apparition prochaine d'un zona, fut atteint d'un zona étendu de la région cervico-occipitale droite. Au moment de la dessication complète de l'éruption zostérienne qui d'ailleurs était demeurée bénigne, on vit apparaître, vers la fin de la deuxième semaine, une paralysie faciale du même côté. Cette paralysie de la face dans laquelle l'orbiculaire était atteint et qui présentait tous les caractères d'une paralysie périphérique, disparut au bout de six semaines sans laisser la moindre trace.

M. Besnier en communiquant cette observation à M. Letulle ajoutait quelques réflexions intéressantes.

Il notait entre autres choses que le malade n'avait pas eu notion du refroidissement auquel était probablement dûe l'éruption zostérienne, et il ajoutait : « Mais il n'est pas du tout probable qu'un autre refroidissement ait pu se produire secondairement à l'éruption car, avant même que cette éruption se fut manifestée, toute la région latérale droite de la tête avait été largement enveloppée de ouate. Au moment de l'apparition de la paralysie faciale, la face, la nuque et le cou étaient encore enfouis dans la couche chaude de coton. D'ailleurs, les conditions hygiéniques étaient des meilleures ».

Dans l'esprit de M. Besnier, cette paralysie faciale secondaire ne devait pas se rattacher à un coup de froid, cet éminent observateur supposerait plutôt « un acte secondaire transmis de la lésion principale au nerf facial du même côté.

Le froid n'a pas agi davantage pour provoquer le zona que pour la paralysie faciale.

(1) Besnier *thèse* de Despaigne, 1888

« Non seulement à cause du temps écoulé entre le début du zona et la paralysie faciale, mais encore à cause du peu de probabilité de l'action tardive d'un air froid.

Nous retiendrons que la paralysie survint à la fin de la deuxième semaine et dura six semaines.

Observation XLI (Letulle) (1)

Paralysie faciale gauche. — Fièvre herpétique. — Herpès du conduit auditif externe. — Névralgie du trijumeau gauche. — Guérison rapide de la paralysie motrice. — Hypéresthésie faradique tardive.

Le nommé X..., tailleur, est âgé de 30 ans.

Le 8 octobre 1881, à 10 heures précises du matin, cet homme s'aperçoit tout à coup en travaillant, que la moitié gauche de sa face s'immobilise progressivement et qu'il ne peut plus fermer les paupières. De plus, les mouvements de la mâchoire sont douloureux. Le matin en se réveillant, il n'avait constaté rien d'insolite, il se rappelle seulement que la nuit précédente, il avait été atteint de diarrhée à plusieurs reprises, mais il ne se souvient pas d'avoir eu froid.

Le surlendemain, nous voyons le malade pour la première fois. Il existe une paralysie faciale gauche légère, sauf pour l'orbiculaire palpébral qui est presque absolument immobile. La contractilité paradique est parfaitement conservée, elle est égale d'un côté à l'autre ; le voile du palais est intact ; il n'existe aucune douleur dans la face.

Le quatrième jour, même état.

Le cinquième jour, 12 octobre, des changements considérables se sont produits.

Le malade a été pris, durant la nuit, d'un accès de fièvre violent, avec céphalalgie, frissons répétés, vomissements. Nous le trouvons porteur d'un herpès labialis bilatéral très confluent, il se plaint de douleurs sourdes et lancinantes occupant toute la moitié gauche de la face. La pression, même légère éveille une douleur intense aux points de Valleix et en particulier pour les points sus et sous obitaires naso-lobaire, auriculo-temporal et

(1) Despaigne. *Loco cit.*

enfin au niveau de la cavité même du conduit auditif externe gauche.

Il est impossible, vu l'état du sujet, d'examiner la contractilité faradique.

13 octobre. La sensibilité tactile et la sensibilité électrique, paraissent égales des deux côtés, mais spontanément le malade éprouve des douleurs dans la joue, dans l'œil et l'oreille.

Le malade n'a plus de fièvre, mais la paralysie a considérablement augmenté.

Aucun des muscles ne répond à gauche, à l'excitation faradique.

L'herpès labialis se dessèche déjà.

Le 15. Les douleurs spontanées s'atténuent, on découvre dans le conduit auditif externe sur la planche, tout près de son orifice externe, un îlot de vésicules d'herpès desséché. Il est bon de noter que ce conduit reste le point le plus douloureux à la pression.

Pendant cinq jours, le même état d'inertie musculaire persiste, mais la paralysie n'augmente pas. Les douleurs spontanées disparaissent, les points de Valleix persistent.

Le 21. 14e jour, le malade peut, pour la première fois, mâcher librement.

Il a subi tous les jours, depuis le 13, une séance de faradisation.

Nous remarquons, pour la 1re fois, que la commissure labiale gauche se soulève légèrement au moment où l'on supprime le courant, de même l'orbiculaire des paupières arrive à fermer presque complètement l'orifice palpébral lorsqu'on commande au malade de fermer les yeux.

Le 22. Les mouvements de la commissure labiale gauche, lors de la rupture du courant sont plus appréciables encore et l'on peut démontrer qu'il s'agit d'une contraction du grand zygomatique.

Même état jusqu'au 25 octobre, où l'on constate qu'il existe toujours en même temps qu'une sensibilité normale au simple contact, une hypéresthèse bien nette à la pression sur les points de Valleix.

Le 30, quelques légers mouvements dans les muscles frontaux et sourcilliers surtout appréciables au moment où l'on supprime le courant faradique et lorsque le rhéophore est appliqué sur le frontal.

A l'état de repos, la déviation de la face est de moins en moins accusée. Les paupières se ferment spontanément d'une manière presque complète et le grand zygomatique fonctionne assez bien.

Enfin, le 1er novembre, 24e jour de la maladie, le frontal répond bien mieux que la veille, le sourcillier excité directement par un courant léger déplace manifestement la tête du sourcil, et le muscle de la houppe du menton se contracte assez énergiquement lorsqu'un des excitateurs est appliqué sur lui.

Le 4. Les progrès sont très remarquables, l'orbiculaire des paupières, l'orbiculaire des lèvres, le triangulaire se contractent très énergiquement et le pli naso-génien s'accuse quelque peu.

Le 6. La sensibilité faradique paraît beaucoup moins vive du côté paralysé que du côté sain quoique les divers autres modes de la sensibilité soient normaux.

Il n'y a plus d'autre point deValleix que le point sous orbitaire. On note un certain degré d'hyperexcitabilité musculaire au choc (zygomatique, triangulaire, etc.).

Le malade revu durant plusieurs mois fut considéré comme définitivement guéri.

La paralysie faciale a donc débuté le deuxième jour. Elle a commencé à décroître le treizième et la guérison fut complète le vingt-septième jour.

Observation XLII (Darabseth) (1)

Paralysie de Bell accompagnant un Herpes Zoster. Guérison.

Le 4 janvier, un malade indien âgé de 35 ans, vint demander conseil pour une éruption vésiculeuse de la moitié droite de la face, du cou et du thorax.

Au dire du malade l'éruption fut remarquée sur le côté droit de la poitrine, le 28 décembre 1893, c'est-à-dire huit jours avant et s'étendit ensuite de bas en haut au cou, derrière l'oreille et ensuite au visage. Elle était d'abord, dit-il, rouge et enflée comme la piqûre d'un moustique, légèrement surélevée sur la peau environnante et de consistance solide ; mais les éléments commencèrent à se remplir de liquide au bout de deux ou trois

(1) A case of Bell's paralysis following herpes zoster. — *The Lancet.* 5 mai 1894

jours. En quatre jours, les vésicules s'étendirent du tronc au cou, l'éruption était complète le 31 décembre.

Aucune nouvelle éruption ne fut notée après celle-là qui avait été accompagnée de symptômes fébriles, mais sans prodromes. Le quatrième jour, l'éruption s'étendit au visage, il survint du gonflement de la face et des fourmillements douloureux dans l'oreille et au-dessous derrière l'angle du maxillaire inférieur. Il n'avait eu aucune poussée antérieure d'herpès et n'avait jamais souffert de l'oreille auparavant. Il ne pouvait indiquer de cause d'apparition à cette éruption.

En examinant les vésicules sur le cou, vésicules qui sont au nombre d'environ trente-cinq, on voyait qu'elles s'étendaient du bord inférieur du maxillaire jusqu'à la clavicule, et de la ligne médiane jusqu'au bord postérieur du trapèze. Sur le tronc, l'éruption occupait le quatrième espace intercostal en avant et en arrière et suivait le trajet du quatrième nerf intercostal. Sur le visage, elle remontait derrière l'oreille, sur l'apophyse mastoïde, à la région temporale et sur le front. Il y avait aussi quatre vésicules sur la joue sur une ligne correspondant à la branche buccale du nerf facial. Toutes ces éruptions étaient vésiculeuses, contenaient un liquide clair, aqueux, sauf quelques-unes sur la face antérieure du thorax qui commençaient à se dessécher. Comparée à celle du côté sain, la sensibilité du côté malade était diminuée. Le sujet sentait la piqûre d'une pointe d'aiguille comme une pointe émoussée.

Il se plaignait d'une sensation de brûlure, d'engourdissement dans toute l'étendue de la lésion et de fourmillement dans et derrière l'oreille avec, de temps en temps des piqûres douloureuses.

Les éléments éruptifs avaient des dimensions variant du volume d'une tête d'épingle à celui d'un petit pois. Ils étaient isolés et n'avaient aucune tendance à la confluence. Pendant que le malade racontait son histoire, la mimique anormale de son visage rendait évidente la paralysie faciale droite, mais, fait curieux, il ne s'en douta que lorsque son attention fut attirée de ce côté.

Il avait une paralysie plus ou moins complète du côté droit de la face. Il était incapable de fermer l'œil droit. La moitié droite de la peau du front était lisse et luisante. Il était incapable de froncer ou de relever le sourcil du côté malade. Lorsqu'il souriait ou causait, un côté de son visage restait sans expression. Il ne pouvait pas siffler, ni souffler ni cracher proprement, et la joue était repoussée par les fortes expirations.

Il y avait une notable diminution de la sensibilité cutanée du thorax, du cou et du visage du côté malade.

Pas d'abaissement du voile du palais ni de déviation de la luette.

Le malade se plaignait de fourmillements douloureux dans l'oreille et dans le voisinage, mais il n'y avait pas de troubles de l'ouïe.

A l'examen, l'oreille fut trouvée saine, bien que la peau du voisinage de l'orifice externe, fut légèrement gonflée.

Le côté droit du visage était tuméfié et semblait plus grand que le côté gauche.

Le sens du goût était altéré, tout semblait insipide.

Les aliments s'accumulaient entre les dents et la joue droite, et il était obligé de les retirer avec ses doigts.

Comme il ne s'était pas aperçu de sa paralysie, il n'avait pu donner la date du début ; mais ses aliments, disait-il, s'accumulaient derrière sa joue depuis trois jours, et comme l'éruption générale remonte à huit jours, celle de la face à quatre jours, il est probable que la paralysie a débuté le jour qui a suivi l'apparition de l'éruption au visage.

6 janvier, 10e jour. Tous les éléments éruptifs du thorax, quelques-uns de la face et du cou se sont desséchés.

12 janvier. Les croûtes sont toutes tombées, la paralysie faciale s'améliore. Le malade ferme l'œil à peu près bien, mais il ne peut pas encore siffler. Il peut produire un certain degré d'élévation des sourcils.

Le 19, le patient est beaucoup mieux, il peut siffler et les aliments ne s'accumulent plus derrière sa joue droite. Il peut fermer les yeux mais la contraction volontairement énergique de l'orbiculaire ne peut arriver à plisser la peau des paupières.

Il a encore des fourmillements d'oreille ; mais aucune douleur lancinante.

Le 24. Le patient est entièrement guéri et il ne reste aucun signe de sa paralysie antérieure. Il peut fermer avec force les deux yeux et mouvoir facilement tous les muscles du visage. Pas de douleur d'oreille. Taches pigmentées à la place des vésicules. Légère anesthésie de la zône pigmentaire, mais pas aussi marquée qu'auparavant.

La paralysie faciale accompagne rarement une attaque d'herpès zoster de la face. Il y eût guérison au 28e jour après l'apparition de l'herpès.

La douleur d'oreille et du voisinage siégeait je pense dans le nerf facial.

Cette douleur était augmentée par une pression derrière le pavillon et l'angle de la mâchoire, mais les mouvements imprimés à l'oreille ne causaient aucune douleur. La paralysie pouvait avoir une origine réflexe, mais à cause de la nature des douleurs, je pense qu'il s'agissait d'une névrite.

L'éruption s'étendit donc du 4me espace intercostal jusqu'à la joue. La date d'apparition de la paralysie n'est pas connue ici d'une facon précise, nous savons seulement qu'elle ne survint pas après le huitième jour. Il y eut guérison le vingt-huitième jour de l'herpès.

Observation XLIII (Rabbé) (1)

Le nommé X..., vient le 4 janvier 1855 à la consultation de l'hôpital Saint-Louis, pour une éruption vésiculeuse apparue sur la joue droite. Le diagnostic est fait de zona de la branche sous-orbitaire du maxillaire supérieur, on indique un pansement à la poudre d'amidon.

Le 8 janvier il s'est produit une modification considérable et voici ce que nous observons.

Il y a cinq jours, il se trouva un peu souffrant, mal à l'aise avec de l'anorexie, un sentiment de dégoût pour les aliments, des nausées, de l'affaiblissement musculaire.

Il continua son travail malgré sa fatigue et au bout de trois jours ces phénomènes disparurent.

Dès le premier jour, il s'était purgé avec 30 grammes de sulfate de magnésie.

La veille de sa présentation à Saint-Louis, c'est à dire avant-hier (le 3) il éprouva, dans la moitié droite du visage, une douleur vive, surtout au-desssus de l'œil et dans la région sus-orbitaire. Cette douleur s'accompagnait d'une exagération de la sensibilité cutanée, car le moindre frottement sur le front ou la

(1) Rabbe. Contribution à l'étude de la paralysie faciale dans le zona. Thèse de Paris, 1896.

joue de ce côté était douloureux. En même temps, il remarqua un peu de rougeur sous forme de points espacés et séparés sur la joue.

Le lendemain, l'éruption s'était développée et les vésicules étaient a la période d'état.

Lors de notre examen, nous voyons sur la partie moyenne de la joue droite, un groupe d'une trentaine de vésicules isolées les unes des autres, formant un placard irrégulièrement triangulaire à base supérieure. Cette éruption s'arrête en haut, un peu au-dessous de la paupière inférieure, en bas elle dépasse l'extrémité inférieure du nez.

En dedans elle s'avance tout près du sillon naso-génien. En dehors, elle s'étend jusqu'à la partie moyenne de la joue. Toute cette surface est rouge, avec, par-ci par-là, quelques îlots de peau saine irrégulièrement découpés, ce qui tient à ce que les aréoles, confluentes en certains points, ne le sont pas en d'autres. Les vésicules sont claires, transparentes, d'apparence nacrée, du volume d'un grain de chènevis. Leur centre est aplati et même légèrement concave ; l'aspect de ces vésicules est absolument caractéristique et le diagnostic de zona s'impose.

Dans la journée d'hier, le malade a commencé à souffrir de l'œil du même côté et s'est aperçu que cet œil était rouge.

Ce matin, cette rougeur est très nette, la conjonctive oculaire et palpébrale est très hypérémiée, légèrement tuméfiée ; mais en outre près du bord externe de la cornée se voit nettement une vésicule très analogue aux précédentes quoique de volume un peu moindre.

Sur la conjonctive oculaire, près de cet élément, il y en a un deuxième, plus gros. Tous deux sont remplis d'un liquide clair et transparent, ce qui indique la date récente à laquelle elles sont apparues. Les paupières sont légèrement œdématiées. Le malade souffre de l'œil, il a la sensation de corps étrangers, de grains de poussière roulant entre la paupière et l'œil : il tient ce dernier fermé et ne peut supporter la lumière.

L'examen du viscère ne révèle rien d'anormal : Poumons sains, urine non albumineuse.

La lésion oculaire nous fait lui conseiller d'aller consulter un oculiste pour que le traitement puisse être dirigé de façon à éviter autant que possible les complications oculaires si fréquentes au cours du zona ophtalmique et qui en font la gravité.

Il se présente à la clinique des Quinze-Vingts, où nous le retrouvons.

Les manifestations oculaires du zona cédèrent rapidement et sans complication à des pulvérisations d'iodoforme et à des collyres à l'atropine mais, fait plus important, au quatrième jour qui suit l'apparition du zona nous remarquons un léger degré de paralysie faciale. Le malade d'ailleurs attire notre attention sur ce point. Il avait remarqué ce matin 8 janvier, que sa bouche était de travers, et que certains mouvements étaient impossibles. Il ne pouvait par exemple ni souffler ni siffler, etc.

Nous notons une déviation de tout le visage vers le côté gauche.

La commissure droite est plus rapprochée de la ligne médiane.

Les sillons naso-génien, etc., sont moins marqués du côté droit que du côté gauche.

Le côté droit du visage semble plus lisse, plus étendu, il est plus antérieur. Les mouvements d'ouverture de l'œil droit se font très bien ; mais l'occlusion n'est qu'incomplète. L'odorat et le goût ne sont nullement altérés. En somme ce malade est atteint d'une paralysie faciale du côté droit : cette paralysie est incomplète, car sous l'influence de la volonté des contractions légères peuvent encore se produire dans les muscles de cette moitié de la face.

L'état de l'œil s'améliore, les vésicules rompues ont laissé quelques exulcérations superficielles. Le même traitement est continué.

Le malade nous dit ne pas s'être exposé au froid ces jours derniers ; il s'enveloppe très chaudement pour venir à la consultation et ne sort pas pendant la journée.

Nous ne trouvons aucune explication de cette paralysie faciale que nous sommes contraints de considérer comme une complication de l'herpès zoster. On n'applique aucun traitement à la paralysie.

Quatre jours après nous revoyons le malade qui n'a plus en fait de zona que les croûtes violacées avec une auréole légèrement pigmentée.

Les excoriations cornéennes et conjonctivales ont disparu : iris normal réagissant très bien à l'atropine. Il n'existe autour de la cornée aucun cercle vasculaire symptomatique d'iritis, mais seulement un peu d'injection générale de la conjonctive.

La paralysie faciale ne s'est pas modifiée, elle persiste sans croître ni diminuer.

Sur notre demande, il vient nous revoir le 28 janvier, il est alors complètement guéri.

Pas de traces de lésions oculaires, pas la moindre rougeur de la conjonctive.

Sur la joue droite, il y a encore les macules brunâtres, dont la pigmentation est d'ailleurs peu accusée.

La paralysie faciale est entièrement guérie : le visage est parfaitement symétrique et aucune déviation ne se produit dans les actes précités.

L'occlusion de l'œil est parfaite.

C'est le cinquième jour que la paralysie débuta, elle dura vingt jours.

L'observation de Spencer (1) (Klippel et Aynaud) concerne une femme de 60 ans, portant des stigmates de rhumatisme et ayant été atteinte, deux jours après l'apparition d'un zona cervico-occipital du côté droit, d'une paralysie faciale du même côté. Cette paralysie était limitée aux muscles superficiels ; il n'y avait pas de troubles sensitifs, mais il y avait de la raideur de la lange. La guérison de la paralysie fut assez longue à se produire ; elle ne survint qu'au bout de trois ou quatre mois.

Olaf Frich (2) rapporte le cas d'un homme de 75 ans atteint de zona, occupant le côté droit du cou et de la face en bas, (nerfs, petit occipital, grand auriculaire, sous-cutanés du cou et sus claviculaire). Au bout de dix ou

(1) Bell's Paralysis occurring with herpès zoster. *The Lancet*, 5 mai 1894.

(2) Olaf Frich. *Norck Magazin*, nov. 1896.

douze jours, au cours d'une crise douloureuse survint une paralysie faciale, totale du même côté. La galvanisation prolongée deux à trois semaines eut raison de la paralysie et des douleurs.

Observation XLIV.

En 1897 (3), Grassmann rapporte l'observation que voici : une femme de quatre vingt-un ans, après avoir eu des douleurs sur le territoire du plexus cervical du côté droit, présente sur les branches de ce plexus une éruption d'herpès zoster. Pendant la durée de l'éruption, un œdeme se produisit sur la joue droite et onze jours après l'apparition du zona la malade est atteinte d'une paralysie faciale du même côté qui disparaît au bout de six semaines, en laissant après elle une névralgie persistante du plexus cervical. De plus, chez cette femme, en dehors des phénomènes de paralysie et d'irritation vaso-motrice, il y eut des troubles sensitifs : elle avait de l'hypo-acousie à droite et elle accusait une sensation de fadeur lorsqu'on déposait sur la moitié droite de sa langue une substance aigre ou salée.

Observation XLV.

Le professeur Raymond a étudié un cas de zona avec diplégie faciale. Ainsi non seulement l'infection zostérienne porta son action sur le trijumeau et le facial du même côté, mais le facial du côté opposé fut aussi atteint.

C'était une femme de 41 ans, qui venait de passer quelques temps chez ses parents à Auxerre, pendant la durée de sa villégiature elle avait habité une chambre dont un carreau était brisé, mais elle n'avait jamais eu froid. Le matin de son départ, brusquement, et sans que ces phénomènes aient été précédés d'aucune douleur, elle éprouva une grande difficulté à faire mouvoir le côté droit de sa face. Pendant le voyage, la gêne des mouvements ne fit que s'accroître, la parole même devint embarrassée, le soir la malade s'aperçut qu'elle avait une éruption sur la langue. Un médecin appelé le lendemain constata que

(3) Herpes Zostermit Gleichzeitiger Facialis-Lahmung. *Deuts. Arch. f. Klin méd.*, 1897. vol. LIX, page 615.

l'éruption, qui n'était autre chose qu'un zona, siègeait à droite sur la langue et le voile du palais, empiétant légèrement sur le côté opposé. La parole était difficile, les aliments s'accumulaient dans le sillon gingivo-labial : comme troubles sensitifs, il y avait de l'hyper-acousie, à droite et quelques élancements sur le côté paralysé. Quelques jours plus tard, le côté gauche de la face était également atteint par la paralysie, puis des douleurs se produisirent qui décidérent la malade à entrer à la Salpètrière, où l'on constata les phénomènes suivants : la face était symétrique mais immobile et comme figée, les rides effacées sur le front et sur la joue, l'occlusion des paupières ne pouvait pas s'effectuer entièrement, l'articulation des mots se faisait mal, la propulsion de la langue en avant était difficile ; les mouvements de la luette et du voile du palàis, normaux. Il y avait de plus une diminution du goût. L'examen électrique montra les signes de la réaction de dégénérescence à droite, du côté gauche, les réactions électriques étaient presque normales. Un mois et demi après le début des accidents, la paralysie avait disparu à gauche, mais elle subsistait à droite, sans modification des réactions électriques trouvées lors de notre premier examen.

En somme, dit M. Klippel (1), à propos de cette observation, chez cette malade comme chez les malades de Strübing et de Testaz, zona et paralysie semblent avoir débuté presque en même temps, nous en dirons autant de notre observation inédite.

Comme particularités intéressantes nous relevons chez elle, en dehors du caractère diplégique de la paralysie, le début brusque des accidents, les troubles de la parole et le siège du zona.

Observation XLVI (Klippel et Aynaud, (2)

Le nommé Al..., âgé de 35 ans entre à l'hôpital le 20 décembre 1898. Voici ce que révèle l'interrogatoire sur ces antécé-

(1) *Loco citato. Gaz des Hôp.*, 20 mai 1899.
(2) Paralysie faciale zosterienne, *Journal des Praticiens*, 15 avril 1899.

dents héréditaires et personnels : Son père qui était d'une bonne constitution, est mort à l'âge de 71 ans d'une paraplégie avec incontinence des matières et des urines ; la maladie aurait duré 4 mois. Sa mère vit encore et est bien portante. Al..., a eu 8 frères : il en a perdu un d'un « chaud et froid », les autres sont en bonne santé. Il a quatre enfants ; il n'en a pas perdu en bas âge. Quant à lui, il a contracté en 1883, au Tonkin, les fièvres et la dysenterie. Il nie avoir eu la syphilis ; mais en 1888 il a eu la blennorrhagie, de 1890 à 1891, Al..., a fait des excès alcooliques ; il buvait au maximum deux litres de vin par jour, de la bière, un peu d'absinthe et beaucoup de café. Actuellement, il boit moins ; mais cependant, deux ou trois fois par semaine, il lui arrive d'absorber dans sa journée deux litres de vin sans compter les apéritifs. Les signes fonctionnels de l'alcoolisme sont peu marqués. Al..., dort bien, n'a pas de rêves professionnels ni de zoopsies ; il n'a que très rarement des pituites le matin.

Depuis quelque temps le malade s'est aperçu que le matin, lorsqu'il sortait, « ses yeux coulaient » ; mais ce phénomène durait peu de temps et il n'y attacha aucune importance.

Samedi dernier, 17 décembre, dans l'après-midi, et sans que ces accidents aient été précédés d'aucun prodrome d'ordre général, Al... a eu des picotements, des élancements dans la moitié droite du front et de la partie antérieure de la tête, jusque vers la suture lambdoïde. Malgré ces douleurs, il put accomplir son travail et ne se coucha qu'à 3 heures du matin. Dans la matinée du dimanche, il s'aperçut que par endroits, il avait de la rougeur sur le front. Les troubles de la sensibilité persistaient avec les mêmes caractères.

De plus, la tempe était tuméfiée. La paupière supérieure était normale. Ce n'est que le lundi 19 décembre, dans l'après-midi, qu'elle s'est œdématiée et abaissée ; en même temps, quelques picotements se produisaient dans l'intérieur de l'œil. A ce moment, l'éruption sur la peau du front était complète et présentait les mêmes caractères qu'aujourd'hui.

Le mardi 20 décembre, le malade se réveille à une heure du matin en proie à des douleurs très vives ; il sort de chez lui comme fou et va se promener.

Pas de modification des troubles subjectifs de la sensibilité ; il est à noter que les douleurs étaient notablement exaspérées par le froid. L'état général continue à être bon : l'appétit est excellent; cependant, depuis deux jours, Al... a eu quelques frissons.

Etat du malade le mercredi 21 décembre 1898 : température le matin, 37°; le soir, 38°. On constate une éruption de plaques de zona sur la moitié droite du front, suivant la distribution du nerf sus-orbitaire et empiétant légèrement à gauche sur la ligne médiane. Sur le nez, il existe une plaque de zona à l'émergence du nerf naso-lobaire droit. La paupière supérieure du même côté, considérablement œdématiée est abaissée à sa surface : il y a quelques vésicules de zona réparties en plusieurs groupes. La paupière inférieure également œdématiée est saillante. L'œdème s'étend à la joue qui est bouffie; par endroits, la peau est luisante et l'on peut voir à sa surface de fines artérioles, injectées par le sang, se dessiner en rouge. On note aussi la tuméfaction de la région parotidienne.

Du côté du globe oculaire, on note une conjonctivité intense et un larmoiement assez abondant.

Paralysie faciale. Outre les symptômes oculaires qui viennent d'être signalés et qu'on constate en même temps que l'œdème, on trouve, du côté des muscles innervés par le facial, des signes physiques et des troubles fonctionnels évidents qui sont les suivants : le sillon naso-labial est abaissé à droite et beaucoup plus marqué que du côté opposé. La commissure des lèvres est également abaissée à droite. La face est symétrique. Les mouvements volontaires sont faibles et diminués dans toute la moitié droite de la face.

L'examen de la sensibilité générale donne les résultats suivants à droite; la sensibilité tactile est considérablement amoindrie dans tout le territoire du nerf sus-orbitaire. La sensibilité à la douleur est très augmentée dans le même territoire, ainsi que sur les plaques de zona et les paupières supérieure et inférieure du côté droit.

La pression des points correspondant aux divers rameaux de la branche ophtalmique de Willis, y compris le naso-lobaire, est très douloureuse.

A côté des troubles de la sensibilité générale, on note des troubles de la sensibilité.

Spéciale : Hypo-acousie à droite, agueusie pour le sulfate de quinine dans les deux tiers antérieurs de la langue. Le chloroforme et l'ammoniaque sont bien sentis par la narine gauche ;

à droite, le chloroforme est faiblement perçu, et l'ammoniaque pas du tout.

Les appareils digestif, respiratoire et circulatoire sont sains. Du côté de l'appareil urinaire on note un peu de polyurie et de pollakiurie.

Les urines sont claires et ne contiennent, ni albumine, ni sucre, ni indican.

21 décembre. L'œdème de la face a diminué ; le sillon naso-labial et la commissure des lèvres sont moins abaissés qu'hier.

23. Les douleurs qui étaient très vives, surtout la nuit ont diminué.

24. Température : 37°. Disparition des troubles du goût et de l'odorat.

26. Encore quelques douleurs surtout la nuit, les points douloureux à la pression ont disparu.

28. Le malade quitte l'hôpital dans l'état suivant ; à la figûre l'œdème a complètement disparu ; de la paralysie faciale il ne subsiste qu'un léger abaissement du sillon naso-labial à droite. Un peu de ptosis de la paupière supérieure droite sur laquelle il n'y a plus d'œdème. Quelques rares douleurs à la face. Eruption presque complètement cicatrisée. Hypo-acousie à gauche, goût et odorat normaux des deux côtés.

En résumé. Au cours du zona, et dès les premiers jours, au moment de l'éruption, il se développa chez ce malade une paralysie dans le domaine du nerf facial du côté droit. Cette paralysie dépassait les limites de l'œdème de la face ; son évolution a été rapide et le phénomène en question n'a été qu'un accident assez léger, bien que inconstestable, au cours du zona. Il a aussi existé dans ce cas des troubles de la sensibilité à distance par rapport à l'éruption vésiculeuse, caractérisés par de l'anosmie de la narine droite (côté du zona) et de l'agueusie bilatérale des deux tiers antérieurs de la langue.

Nous avons cité, à propos des troubles sensoriels, le cas rapporté par M. Lannois ; il concernait une malade de M. Dor, père, la paralysie survint du même côté que le zona qui occupait la face, le cou et le moignon de l'épaule. Il y eût de l'hypo-acousie et du vertige de Ménière. La paralysie céda lentement à l'électrisation, la parésie et le vertige existèrent trois mois après.

M. Gaucher (1) rapporte que M. Sottas père, a vu un cas de paralysie faciale dans un zona intercostal. Il est très regrettable que l'observation n'ait pas été publiée.

Dans la même leçon, le professeur Gaucher s'exprime ainsi :

En examinant la femme que je vous présente, vous reconnaissez que l'hémiplégie est complète. Non seulement la bouche est déviée, mais encore l'œil ne peut point se fermer. Le zona cervical de cette malade était à gauche, du même côté que l'hémiplégie. Il en est de même dans toutes les observations, la paralysie siège du même côté que le zona. Elle guérit toujours, mais lentement, en deux ou trois mois. Notre sujet est guéri de son éruption et ne l'est pas de son hémiplégie. Cependant, depuis 5 semaines que nous la connaissons, elle s'est sensiblement améliorée. Elle est traitée par la faradisation et le massage. »

M. Gaucher déclare que l'hémiplégie n'est pas une complication, mais un symptôme général du zona.

Observation XLVII (Inédite)

Recueillie dans le service du docteur Thibierge par M. Ferré, externe des hôpitaux.

Laure Benezat, âgée de 30 ans entre le 17 janvier, salle Lorain. Sa mère morte en couches était très nerveuse. Son père est bien portant.

Antécédents personnels. — Réglée à 16 ans. L'a toujours été très bien, n'a eu ni enfant ni fausse couche. Aucune maladie. Malade nerveuse, émotive, n'a jamais eu de crises.

(1) *Médecine interne* 1899.

Début. — Vers le 10 janvier, après avoir ressenti des sensations de cuisson très vives pendant une après-midi et une nuit au niveau de la région cervicale et rétro-auriculaire droite, s'aperçut le matin, de rougeurs occupant cette région, rougeurs qui, le lendemain commençèrent à se couvrir de vésicules.

La région était le siège de douleurs très vives qui empêchait la malade de dormir.

Le 16, veille de son entrée à l'hôpital, elle s'aperçut que sa bouche était de travers et elle entendait moins bien de l'oreille droite.

17 janvier. Elle entre à l'hôpital.

Elle présente un zona cervical droit typique, on constate en effet à la face externe du cou et dans la région occipitale droite, ainsi que dans la portion avoisinante du cuir chevelu des vésicules de dimensions variables, depuis une tête d'épingle, jusqu'à former, par confluence, des bulles de 4 millimètres de diamètre entourées d'une très légère zone rouge.

Ces vésicules constituent, à la partie moyenne du cou une plaque, large d'un centimètre et allongée de 4 centimètres d'arrière en avant.

Les éléments du cuir chevelu sont assez rares mais volumineux.

A la face, on constate, au niveau du maxillaire inférieur 2 à 3 vésicules assez petites.

Sur l'oreille, on constate un ou deux petits éléments à la face externe du lobule et un groupe confluent dans le sillon postérieur.

Les lésions ne dépassent pas en bas la clavicule, elles sont absolument unilatérales et l'on ne constate aucun élément aberrant.

Les vésicules commencent à s'ouvrir.

Cette éruption s'accompagne de sensations superficielles et assez intenses de cuisson et de douleurs lancinantes, névralgiques, et occupant la même région, mais sans point absolument fixe.

Pas de phénomènes généraux.

Température 37°5. Insomnie, à cause des douleurs.

Traitement : Pansement avec poudre d'amidon.

A côté de cela, la malade se plaint de voir augmenter la déviation de sa bouche, elle présente en effet le faciès d'une *paralysie faciale droite complète et typique.*

La face est déviée du côté gauche, les sillons ont disparu du côté droit.

La bouche, tombante à droite, est fortement tirée en haut et à gauche. La pointe du nez est tirée à gauche, la narine droite est entrouverte.

Tous ces signes s'exagèrent quand la malade veut parler.

L'œil est parfaitement ouvert, son occlusion complète est impossible.

Le front est lisse dans sa moitié droite, il est impossible de le plisser.

Il y a de l'épiphora. La parole est embarrassée, la mastication difficile, les aliments tombant toujours à droite.

La malade fume la pipe.

La langue est déviée du côté sain. Il en est de même de la luette qui l'est très nettement.

Quand la malade veut fermer l'œil droit, on voit le globe oculaire se porter en haut fortement; l'occlusion des paupières est toujours incomplète.

Sensibilité générale. En dehors des douleurs dans la région où le zona a le plus de force, il n'y a pas de troubles subjectifs: objectivement, il n'y a ni anesthésie, ni hyperesthésie.

Troubles fonctionnels: aucun trouble accusé par la malade lorsqu'on fait l'essai du quinine à droite et à gauche.

La salive semble être égale des deux côtés.

Odorat: normal.

Vue : normale.

Ouïe. En même temps que la bouche se déviait, la malade s'apercevait qu'elle entendait moins bien de l'oreille droite.

Les troubles ont augmenté. Elle n'entend plus une montre que si on l'applique sur le pavillon de l'oreille. Tandis que du côté gauche, elle l'entend à 50 centimètres.

Aucun trouble subjectif.

Les réflexes pharyngien, cornéen et du nez sont égaux des deux côtés.

Troubles trophiques : néant.

La réaction sudorale n'a pas été recherchée.

Les réactions électriques n'ont pas été étudiées.

Au point de vue de son système nerveux général, la malade qui est impressionnable ne présente aucun trouble moteur, in sensitif. Ses réflexes sont normaux : état mental normal.

Evolution. — Les jours suivants, le zona s'améliore, les vésicules se dessèchent peu à peu, les douleurs persistent cependant encore quelques jours ; en même temps, la paralysie faciale, qui semble avoir atteint son acmé vers le 19 janvier, c'est-à-dire trois jours après son début, s'améliore progressivement.

Le faciès reprend son aspect normal, le front commence à se plisser, puis l'œil à se fermer, la joue est moins tombante.

Le 22, le zona est presque complètement guéri, il ne reste plus que quelques éléments croûteux au niveau de la région extérieure du cou.

La paralysie faciale a presque disparu également. Il reste cependant une légère déviation de la face à gauche ; et les traits à droite, sont encore moins accentués, ce qui se voit le plus au front, quand la malade le plisse. La langue et la luette ne sont plus déviées. L'œil se ferme complètement. Par contre, la malade n'entend encore pas très bien de l'oreille droite.

Elle sort le 22.

Conclusion. — Ainsi, dans les 23 cas que nous avons réunis, la face seule a été occupée par l'éruption dans neuf cas.

Huit fois la face fut atteinte en même temps qu'une autre région. Il y eut par exemple des vésicules sur la face dans un zona occipitocollaris ou bien un zona intercostal d'abord qui, par une marche ascendante envahit le cou puis la joue. Huit fois enfin, la face ne porta pas de trace d'éruption.

Si la face eût toujours été atteinte, la paralysie faciale pourrait sans doute, au moins dans une certaine limite, être expliquée par la théorie réflexe ou celle de l'œdème, sur lesquelles nous reviendrons bientôt. Encore dirons-nous que l'œdème n'amènerait pas par dégénérescence nerveuse une paralysie ainsi systématisée. On pourrait aussi croire dans quelques cas à la propagation de l'inflammation nerveuse du plexus cervical au facial par l'anastomose de la branche auriculaire, si les paralysies n'avaient pas une telle étendue et une telle précocité d'apparition.

D'une façon générale, chaque théorie ne rendrait compte que de quelques cas restreints.

La paralysie faciale zostérienne est toujours un accident à distance puisqu'il faut pour l'expliquer la lésion d'un nerf moteur, le facial différent par conséquent des nerfs sensitifs auxquels on rapporte les vésicules. Mais cette séparation des nerfs est bien plus nette dans les cas où les territoires de l'éruption et de la paralysie furent éloignés. Et dans 8 cas de paralysie faciale, il n'y eût aucune vésicule sur la face. Dans le cas de M. Sottas, l'éruption siégea même très loin, au niveau d'un espace intercostal. Enfin, dans le cas de M. Raymond elle siégea aussi de l'autre côté du corps ; il y eut diplégie faciale. Dans beaucoup de cas d'ailleurs, l'éruption de la face n'eut pas grande importance, elle consista comme dans notre observation inédite, en quelques rares éléments pouvant être appelés vésicules aberrantes.

Pathogénie

Nous ne nous arrêterons pas à chercher où siège le germe infectieux dont la réalité nous semble évidente dans le zona. C'est à tort que Pfeiffer avait cru le rencontrer dans les vésicules :

Valdettars a montré que les unes sont stériles et que les autres cultivent du straphylocoque.

Hay (1) a trouvé dans une adénopathie zostérienne des « grains » et des « filaments » qui sont pour lui des parasites. Mais nul observateur n'a confirmé cette assertion.

I. — Siège de la lésion nerveuse.

Il nous semble plus intéressant pour notre sujet d'examiner en quel endroit où les auteurs localisent la lésion nerveuse.

En étudiant cette question nous nous trouvons en présence de quatre opinions différentes, car des auteurs ont admis les uns des lésions des ganglions et des racines postérieures, les autres des nerfs, les autres de la moelle et enfin du grand sympathique.

Grand sympathique. — La lésion du grand sympathique a été admise pour la première fois l'année dernière par M. Abadie (2). Cet auteur semble admettre

(1) *Journal of cutaneous diseases*, 1898.
(2) *Gazette hebdomadaire de médecine et de chirurgie*. 1899.

que les troubles trophiques, qui sont surtout des vésicules et de l'œdème ne dépendent que de troubles locaux de la circulation.

Il voit dans le zona ophtalmique un zona cantonné au territoire vasculaire de l'artère ophtalmique. Pour lui, si dans le zona thoracique, l'éruption ne dépasse pas en haut le 3e espace intercostal, c'est que les filets vasculaires des deux premiers espaces viennent de l'artère sous-clavière. Cette théorie prétend enlever à l'élément nerveux sensitif un rôle qui ne lui appartient pas et accuse le grand sympathique, régulateur de la circulation.

Sans affirmer que l'infection zostérienne ne puisse en aucun cas produire des lésions du grand sympathique, nous ferons à M. Abadie quelques objections. Son explication semble vouloir admettre qu'un zona ne consiste que dans la vésicule ou en tout cas dans les troubles circulatoires pris d'une manière générale. La simplicité apparente et séduisante disparaît quand on veut s'en servir pour expliquer tous les symptômes du zona. En second lieu, M. Abadie ne se base sur aucune observation anatomo-pathologique. Et enfin il veut oublier toutes les lésions nerveuses trouvées à l'autopsie par de nombreux observateurs.

Ganglions nerveux. — Bien plus sérieuse nous semble la théorie qui place la lésion dans les ganglions et les racines postérieures.

Six autopsies au moins nous montrent les ganglions atteints.

La première en date, est celle de Barensprüng (1) qui découvrit des lésions dans les ganglions spéciaux.

(1) Topographie du zona. *Thèse* de Dongradi, Paris, 1896.

Charcot et Cottard (1) bien qu'un peu à contre-cœur sont obligés d'arriver au même résultat; ils ont vu dans deux autopsies les ganglions spinaux atteints.

Kaposi (2), chez un homme de 54 ans qui mourut d'infiltration d'urine et d'un érysipèle, trouva ceci a l'autopsie :

Les ganglions intra-vertébraux du côté droit de la 10e dorsale à la 2e lombaire sont épaissis, très adhérents à l'enveloppe graisseuse. En outre on trouve une hyperplasie du tissu péri cellulaire, péri et intra ganglionnaire, hémorrhagies disséminées dans le tissu cellulaire, cellules altérées, renfermant de nombreuses granulations pigmentaires; dans quelques-unes le protoplasma s'est rétracté de sorte qu'il existe un espace libre entre lui et la membrane cellulaire ; dans cet espace, il existe soit des exsudats fibrineux, soit des globules sanguins (hémorrhagie intra-cellulaire). Le protoplasma est pâle, formant une masse homogène.

Chandelux en 1879 (3) constata des lésions ganglionnaires bien définies : disparition des cellules et des tubes nerveux. Il n'a pas vu de lésion précise dans le trajet des nerfs eux-mêmes sauf une dégénération possible. Au niveau des ganglions, il y avait sclérose de pigmentation.

O Wyns (4) en 1880 eut une nouvelle autopsie de zona. En arrière du ganglion de Gasser, le trijumeau est sain, sauf à son entrée dans le ganglion, où il existe une suffusion sanguine. Le ganglion lui-même est plus gros que

(1) *Journal de Physiologie*, 1859.
(2) Strick Jahrbuch, 1878.
(3) *Archives de physiologie*, 1879.
(4) Blachez. *Gazette des hôpitaux*, 1880.

celui du côté opposé, plus mou, plus vasculaire. A sa partie interne, on constate la présence d'une extravation sanguine. La branche ophtalmique est aussi plus large, plus épaisse que du côté opposé, sa consistance est presque gélatineuse. Au microscope, la partie du ganglion de Gasser d'où émane l'ophtalmique est profondément altérée. Les cellules ganglionnaires ont subi des métamorphoses régressives, quelques-unes mêmes sont complètement détruites. Le tissu nerveux à ce niveau est infiltré de cellules du pus, la gaîne de la branche ophtalmique est aussi infiltrée de pus, non seulement à sa surface mais dans l'intérieur des faisceaux.

Blachez conclut de l'observation qui précède que le zona ophtalmique est l'expression d'une névrite caractérisée par l'hypérémie du ganglion de Gasser. Au même titre qu'ailleurs le zona répond à une névrite ou à une altération de la moelle, le plus souvent de la substance grise.

Pitres et Vaillard (1) en 1883 ont trouvé surtout des lésions des nerfs mais dans un cas sur deux, le ganglion correspondant fut également atteint et on y observa une diminution des tubes nerveux. La racine postérieure n'avait plus une fibre intacte.

Enfin Netter (2), nous renseigne sur la localisation nerveuse d'un zona symptomatique : c'est un enfant de 12 ans mort de méningite cérébro-spinale, et qui avait présenté sur une moitié de la face des groupes de vésicules d'herpès, au niveau des lèvres, du menton, de l'aile du nez, etc. A l'autopsie, on a trouvé qu'en dehors des

(1) *Archives de neurologie*, 1883.

(2) *Gazette hebdomadaire de médecine et de chirurgie*, 1899.

lésions habituelles de la méningite, le ganglion de Gasser du côté correspondant baignait complètement dans le pus.

Ainsi les lésions ganglionnaires portant sur les ganglions spinaux ou bien sur le ganglion de Gasser, non seulement sont admises par de nombreux auteurs mais sont rendues indiscutables par des autopsies précises.

Nerfs. — Les nerfs eux-mêmes ont été souvent atteints. Nous en trouvons des exemples dans certains cas précédents où leurs lésions coïncidait avec celles des ganglions, par exemple dans le cas de O'Wyns.

Danielsen en 1857 (1) en a observé un cas. Puis Rhomberg et Leudet 1865. Riesel 1870 (2) a vu un nerf dont la gaîne était altérée par une compression et qui avait déterminé le syndrome zona.

Nous avons dit plus haut que Pitres et Vaillard (3) avaient trouvé un ganglion atteint. Les lésions sur les nerfs ont été bien plus importantes dans ce cas et la même malade avait un autre zona où le nerf seul était atteint. C'est l'autopsie d'une femme chez laquelle il y avait deux zonas, un récent et un ancien. Le zona ancien siégeait au sixième espace intercostal et était représenté par des cicatrices blanches, formant deux plaques confluentes de quatre centimètres de diamètre. L'examen histologique de ce nerf révèle qu'il n'y a plus une seule fibre saine. Le tissu conjonctif est très épaissi. Le ganglion correspondant est également atteint et on y observa une diminution des troubles nerveux. Les racines antérieures sont normales, les postérieures n'ont plus une fibre intacte. Le second zona qui est le plus récent

(1) Arch. gén. de médecine, 1865.
(2) Dongradi. *Loc. cit.*
(3) *Loc. cit.*

siègeait sur le onzième nerf intercostal et était représenté par trois plaques éruptives. L'examen histologique de ce nerf montre les mêmes altérations que dans le sixième. Mais ici, le ganglion est resté intact ainsi que les deux racines qui s'y rendent.

Ainsi il n'est pas douteux que dans certains zonas infectieux, il y eut des lésions des nerfs.

Les lésions medullaires ont été étudiées surtout par M. Brissaud.

Déjà en 1886, M. Raymond (1) les avait admises pour les zonas symptomatiques dans la tuberculose, il avait créé le mot de leptomyélite pour les lésions diffuses des centres nerveux dans la tuberculose générale chronique.

Féré (2), à propos des cas qu'il a observés de douleurs à distance dit que la lésion ou l'irritation médullaire lui semble en rendre compte. Ebstein, à propos des paralysies zostériennes dit qu'elles s'étendent parfois de telle sorte qu'il faut songer à une participation du système nerveux central.

Pour Marinesco (3), il considère l'origine médullaire comme tellement nette que c'est sur cette théorie qu'il appuie celle de l'origine spinale des hypéresthésies viscérales. Ce n'est qu'une lésion médullaire qui pourrait selon lui, expliquer la topographie en apparence si capricieuse de l'herpès zoster

Quant à Brissaud qui s'est fait le grand défenseur de la lésion spinale et a inspiré la thèse de Dongradi, il s'appuie sur la topographie. Il imagine que les métamères gardent leur valeur chez l'adulte. Si nous nous reportons

(1) *Revue de médecine*, 1886.
(2) *Revue de médecine*, 1860, p. 393. et *Loc cit.*
(3) Dongradi. *Thèse* 1896. *Loco cit.*

à la définition du métamère, nous dirons que c'est « toute portion de l'être encore fragmentaire possédant en soi l'ensemble des propriétés et des attributions de l'être achevé » D'après Brissaud, la moelle serait composée d'un certain nombre de métamères superposés, mais gardant leur individualité propre. De même, le corps tout entier serait divisé en un certain nombre d'étages dont chacun serait innervé par le métamère correspondant. Cette théorie lui semble nécessaire pour expliquer la fréquence des cas de bilatéralité, des zonas intercostaux occupant plusieurs espaces et surtout de la topographie des zonas intercostaux.

En effet, ainsi que Trousseau l'avait remarqué, le zona ne suit pas les espaces intercostaux, mais a une direction bien plus horizontale et empiète par conséquent sur les espaces inférieurs en arrière et supérieurs en avant.

Nous ne discuterons point la théorie séduisante mais fort attaquable des métamères. Nous dirons seulement qu'il n'y a rien de surprenant à ce que des nerfs issus du même point de la moelle et innervant une même région, empruntent le trajet de nerfs différents, ceux qui leur sont le plus commodes. Ceci sans avoir besoin d'imaginer les métamères.

Conclusion. — Ainsi nous venons de passer en revue une série d'opinions, les unes discutables, les autres absolument et scientifiquement certaines, qui placent les lésions du zona en des points très différents du système nerveux. De ces opinions, laquelle prendrons-nous ? Est-ce sur la moelle, les ganglions ou les nerfs que l'infection zostérienne se manifeste ?

Nous ne voyons aucun inconvénient à réunir toutes ces opinions en une seule et à admettre que suivant les cas, tout point du système nerveux peut être touché par le zona.

Certes nous comprenons que les observateurs, désireux de prescrire une règle à cette maladie aient cherché à en faire soit une névrite spéciale, soit une inflammation ganglionnaire, soit, comme le voulait Dougradi, une myélite infectieuse. Mais l'herpès zoster n'est rien de tout cela: c'est une maladie infectieuse, produite par un germe spécial, dont la toxine peut produire des lésions multiples du système nerveux.

Il n'est pas douteux que des lésions existent suivant les cas sur les nerfs, sur les ganglions et les racines et sur la moelle, mais il est aussi certain que nulle de ces lésions n'est constante à l'exclusion des autres. La toxine zostérienne frappe ordinairement plusieurs nerfs, plusieurs ganglions ou plusieurs points de la moelle : nous ne dirons pas qu'elle le fait au hasard, sans choisir, mais en choisissant d'après des influences qui nous échappent entièrement. Ceci ressort nettement des nombreux exemples d'accidents à distance que nous avons cités.

L'accident à distance est dans le zona la règle presque absolue. Si M. Tenneson (1) a pu dire que les vésicules aberrantes existent huit fois sur dix, et si d'autre part nous avons pu montrer que tout symptôme du zona peut se manifester à distance, quelle lésion nerveuse pourra suffire à expliquer toutes les manifestations d'un seul cas de zona ?

(1) *Loc. cit. Bulletin de la Société médicale des hôpitaux*, 1898.

II. — Explication des accidents à distance.

Même après que M. Landouzy (1) eut rendu classique l'autonomie du zona infectieux, de nombreux observateurs se sont ingéniés à ramener au moins théoriquement les lésions nerveuses à l'unité. Le problème se résumait à ceci. Etant donné un zona et les symptômes du trouble de fonctionnement de deux nerfs, trouver une lésion qui rende compte de ces divers symptômes. La paralysie faciale zostérienne est la manifestation qui a le plus intrigué les auteurs. Même ceux qui ont vu coïncider avec cette paralysie des troubles du goût et de l'ouïe ont voulu se rattacher à l'idée d'une lésion unique. La chose était d'autant plus tentante que dans le cas précis le facial leur semblait touché en un point absolument déterminé, dans sa portion intra-pétreuse. Ceci expliquait tout sauf bien entendu l'éruption et la douleur. Il s'agissait de voir le lien entre les deux symptômes, M. Klippel (2) a ramené à quatre le nombre des théories émises dans la circonstance.

Théorie réflexe. — D'abord la théorie réflexe (3), très ancienne et qui semblait expliquer à merveille l'amblyopie et l'altération pupillaire d'un zona ophtalmique. D'autre part, M. Letulle (4) a pu admetter que l'irritation d'une branche sensible, le trijumeau puisse par action sur les

(1) *Loc. cit.*
(2) *Loc. cit.*
(3) Sulzer. Contribution à l'étude du zona ophtalmique. *Thèse*, Paris, 1898.
(4) *Archives de physiologie normale et pathol.* 1882. p. 162.

centres nerveux déterminer la paralysie du nerf moteur de la même région, le facial. Jusqu'ici cette théorie est très acceptable, elle peut même rendre compte des cas où les réactions électriques impliquaient non seulement de la parésie musculaire, mais encore de l'amyotrophie. M. Klippel (1) rapproche ces cas de ceux où une lésion périphérique, siègeant au niveau des articulations peut entraîner des amyotrophies consécutives. Il a même montré en 1888 que, dans les centres nerveux correspondants, les lésions peuvent aller jusqu'à l'atrophie. « Et depuis cette époque disent M. Klippel et Aynaud, grâce à la méthode de Nisl qui permet de déceler les plus fines altérations de la cellule nerveuse, on a pu établir que les lésions de la périphérie retentissaient presque toujours, fut-ce d'une manière peu profonde sur les éléments centraux ».

Il n'est donc pas douteux qu'un certain nombre de cas pourraient à bon droit être justiciables de la théorie réflexe. Mais il nous faut une explication qui puisse rendre compte de tous les cas. Or, que la paralysie, que l'atrophie siègent loin de la lésion initiale, la théorie réflexe perdra toute valeur : « les amyotrophies réflexes sont très généralement en rapport avec l'altération des centres nerveux d'un territoire très précis. » Et dans nos observations, il y eut une fois une kératite interstitielle sur l'œil du côté opposé à un zona ophtalmique, il y eut huit fois des paralysies faciales sans zona de la face ; et comment expliquer par des réflexes les vésicules disséminées sur tout le corps.

La seconde théorie est celle de la propagation.

(1) Klippel et Aynaud. *Loc. cit.*

Théorie de la propagation. — Bouchut (1) pensait que l'amaurose qui suit les plaies du sourcil étaient dûe à une névrite ascendante qui remontait jusqu'au centre encéphalique et se réfléchissait sur les filets d'origine du nerf optique.

A cette hypothèse Daguenet a substitué celle plus simple de névrite par propagation de nerf à nerf.

Ainsi le nerf de Tiedmann pourrait propager à la papille une névrite des nerfs ciliaires. De même d'après Sulzer (2), « la grande fréquence relative de la paralysie faciale dans le zona occipito collaris semble parler en faveur d'une extension le long des branches nerveuses.

L'anse anastomotique qui existe entre la branche auriculaire du plexus cervical et le nerf facial forme en effet une voie de propagation tout indiquée. » Voici les objections que MM. Klippel et Aynaud font à la théorie de la propagation à propos des paralysies ; ce sont l'étendue de ces paralysies, leur apparition précoce dans le cours du zona, l'existence de cette complication dans des territoires dont les nerfs n'ont pas d'anastomoses..

Ils rappellent le cas de Terson (3) ou des complications eurent lieu sur les deux yeux, dans un zona unilatéral et celui de Raymond où il y eut diplégie zostérienne.

En résumé, l'hypothèse de Daguenet ne pourrait expliquer que quelques cas de nerfs voisins et possédant des anastomoses, et même dans ce cas elle est passible de plusieurs objections.

Théorie de l'œdème. — La troisième théorie fait

(1) Klippel et Aynaud. *Loc. cit.*
(2) Salzer. *Loc. cit.*
(3) Voir page 39.

intervenir l'œdème. Les troubles vaso-moteurs et l'infiltration jouent dans le zona un rôle considérable.

Leur territoire dépasse en étendue celui des vésicules et des douleurs. Dans un zona ophalmique, il y a rougeur de la conjoinctive et peut-être kératite sans vésicules. Cette kératite pourrait en tout cas précéder les vésicules

D'autres part, dans le cas que nous citions, M. Terson a décrit une kératite double, soit trophique, soit par paralysie des vaso-moteurs, à la suite d'un zona unilatéral. M. Klippel a démontré en 1889, l'altération des nerfs et des muscles œdématiés, ces organes dégénèrent.

Faut-il conclure de tout ceci que, par exemple dans la paralysie faciale, les terminaisons nerveuses, motrices, œdématiées dégénèrent ? Ceci serait admissible, mais on n'aurait pas alors cette paralysie faciale absolument systématisée et semblable à la paralysie à frigore. D'ailleurs, MM. Klippel et Aynaud font remarquer que dans ce cas, il y aurait corrélation entre l'œdème et la paralysie, ce qui n'est pas.

THÉORIE DE L'INFECTION. — Et nous voici arrivés à la quatrième théorie à laquelle nous nous arrêterons, c'est la théorie infectieuse à laquelle il nous a toujours fallu en revenir. Et nous répéterons que le zoster est une maladie infectieuse à manifestations nerveuses. Ses manifestations ne se localisent pas en un point unique du système nerveux, mais elles peuvent être multiples et siéger sur des nerfs sensitifs ou moteurs, sur des ganglions, sur la moelle.

Toutes les autres théories que nous avons examinées doivent être rejetées, ou bien sont attaquables, ou bien encore ne donnent l'explication que de quelques cas très spéciaux.

L'infection seule explique tout et ne peut être niée. Elle met la clarté dans nos hésitations et satisfait l'esprit en montrant le lieu des accidents à distance si nombreux et parfois si différents à première vue. Ces accidents sont dûs à l'action de la maladie zostérienne sur des régions plus ou moins distantes du foyer principal du zona.

Et nous généraliserons avec MM. Klippel et Aynaud, ce qu'ils écrivent de la paralysie faciale, en disant :

Les douleurs, les anesthésies, les troubles vaso-moteurs et tropiques, les vésicules et les paralysies à distance ne sont pas des complications du zona, mais le zona lui-même en action sur des nerfs différents ou sur leur centre.

Il est très naturel d'admettre que cette action a lieu par l'intermédiaire d'une toxine spéciale. Le mécanisme en est tout autre, qu'une irritation directe ou réflexe : Lucca (1) a essayé, en Italie, de produire chez des lapins le syndrome zona par ce mécanisme, mais sans aucun résultat.

(1) *Sicilia medica*. 1890 (p. 3).

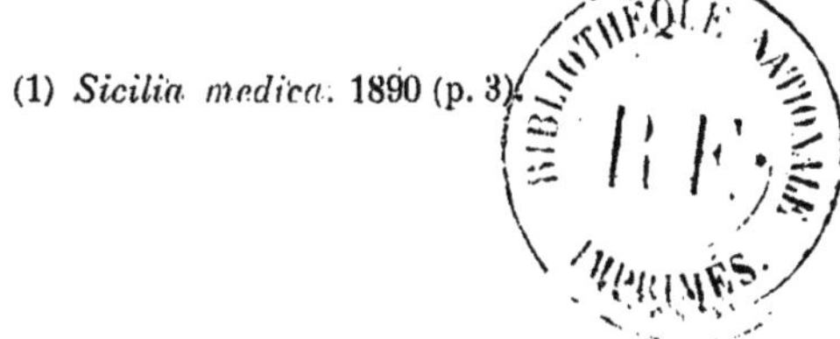

CONCLUSIONS

Le zona est une maladie dont les symptômes, lorsqu'ils sont au complet, sont représentés par une éruption vésiculeuse, par des douleurs névralgiques, par des anesthésies correspondantes, par des troubles trophiques et par des paralysies.

Nous avons cherché à démontrer, en réunissant diverses observations, dont plusieurs nous sont personnelles, que chacun de ces symptômes peut se rencontrer à titre d'accident à distance ou aberrant.

Nous avons décrit en conséquence :

1° Des douleurs à distance ;

2° Des anesthésies à distance ;

3° Des troubles trophiques à distance ;

4° Des vésicules à distance ;

5° Des paralysies à distance ;

Cet ensemble de faits nous montre que le zona est une maladie moins localisée à un territoire restreint, (une ou plusieurs branches nerveuses), qu'on ne le croyait autrefois De là, la maladie, infection très probable, a sur le système nerveux une action pathogène d'autant plus étendue.

Nous faisons remarquer enfin que si le zona peut être une maladie à symptômes frustes, représentés seulement par ses vésicules, en l'absence de toute douleur, et même de tout autre symptôme; on est amené à admettre, à titre d'hypothèse, que le zona peut encore être incriminé dans certains accidents; en particulier dans certaines paralysies faciales dites « a frigore », où le symptôme paralysie serait seul présent. L'analogie de l'étiologie, des symptômes, de la marche, du pronostic etc., de la paralysie faciale « a frigore » et de la paralysie faciale zostérienne semblent justifier cette manière de voir.

IMPRIMERIE F. DEVERDUN, BUZANÇAIS (INDRE).

www.ingramcontent.com/pod-product-compliance
Ingram Content Group UK Ltd.
Pitfield, Milton Keynes, MK11 3LW, UK
UKHW022303070726
13614UKWH00002B/522